EXERCICES
D'ÉCRITURE PHONÉTIQUE.

—

AVENTURES

DE

ROBINSON CRUSOË.

PARIS,
CHEZ FIRMIN DIDOT FRÈRES, LIBRAIRES,
RUE JACOB, N° 56.
—
1854.

Avatur

de

Robiso Kruzoe.

Nû nû-z abarkam lε 1ᵉʳ sêptabr 1659. Notr-ε vêsô êtê d'aviro sa vi
tonô; il portê si kano e katorz om, a-n i koprena lε mêtr, so garso e
mûa. Nû nε l'avio charje d'ôtr-ε marhadiz kε dε kikâlri, propr a notr-ε
komêrs, têl kε dε peti mirûar, dê kûtô, dê ah e kêlk-ε matlà.

U viola-t oraj nû jeta vêr lê kôt dε la Gyan, parti sêptatrional du
Brezil, ô dela dε la riviêr dê-z Amazon, no lûi dε l'Orenok. Lε vêsô
avê-t ete for tûrmate e fεzê bôkû d'ô. Nû rezolum dε fêr vûal vêr la
Barbad; mê notr-ε vûayaj devê se têrmine-r ôtrema, kar nû fûm-z asali
d'un segod tapêt qui nû-z aporta avêk la mêm ipetuôzite kε la premiêr
vêr l'wêst. Lε jûr komasê-t a parêtr, lorsk'u de nô ja s'ekria : Têr!
A pên fûm nû sorti dε la kabin pûr vûar se kε s'êtê e da kêl rejio
du mod nû nû trûvio, kε lε vêsô dona kotr u ba dε sâbl. So mûvma
sêsa tû-t a kû, e lê vag-z i atrêr avêk ta de presipitâsio, kε nû nû-z
atadim-z a perir sur l'er. Nû nû sêrio kotr-ε lê bor du bâtima pûr nû-z
abrite kotr-ε la violas dê vag. Nû-z avio bii-n un halûp a bor, mê nû
nε savio koma la mêtr a mêr : sεpada-t il n'i avê pâ de ta-z a pêrdr,
kar nû krûayo-z a tû moma kε lε vêsô alê se brize-r, e kêlke-z u dizê
k'il êtê deja atame.

Notr-ε pilot pri la halûp; nô ja se mir-t a lε segode-r e l'o parvi-t
a la desadre a kôte du vêsô : nû nû mim tûs deda, ô nombr de oz
pêrson, rekomada nô-z âm-z a la mizerikord-e divin.

1.

4

Aprè-z avûar rame l'èspàs d'un lié e demi, un vag furiéz, sablabl
a un motag̅, s'a vi rûla-t a notr ariêr, e nû-z aglûti.

Il n'è pà d'èksprèsio ki puis retrase kèl été la kofuzio de mê pase
lorske j'ale ò fo de l'ô. Kûake je najas for bii, je ne pu sepada me
degaje-r ase pûr rèspire, jusk'a se ke la vag m'êya pûse, û plutô-t
aporte bii-n ava vèr le rivaj, èl se briza, e me lêsa prèsk'a sêk e a
demi mor. Mê je rekûvre le satima-t u pê ava le retûr du flô, e, vûaya
k'il alè m'asevlir, je rezolu de m'atahe-r a un pûit de rohe, e, da
sêt pôzisio, de retenir mo-n alên jusk'a se ke lê-z ò fus retire. Deja
lè vag n'été plu si ôt, parse ke la tèr été proh; e je ne kite le rohe
k'aprè kèl-z ur pàse e repàse par desu mûa; pui je fi-z u nûvèl efor
e m'aprohe si prè de tèr, ke la vag ki vi-t asuit me kûvri veritablema,
mê ne m'alva pà; de sort-e ke je n'u plu k'a egzèrse-r un sel fûa mê
jab pûr pradr-e tèr definitivma; je mote sur le ô du rivaj e m'asi sur
l'èrb, a l'abri de l'isult e de la furer dê-z ò.

Je krûa-z iposibl de pidr ò vif le traspor e l'èspês de ravisma-t û se
trûv l'om ki se vûa sòve de sêt maniêr e arahe pûr isi dir du fo du
tobô.

Je me promnê-z ò bor de la mêr, leva lê mi vèr le siêl, l'êspri-t
apsorbe da la kotaplàsio de ma delivras, temûag̅a mê traspor de jùà
par mil jêst ke je ne sorè raporte, reflehisa sur mê kopago, ki tûs
avè sa dût ete nûaye, e soja ke j'êtè, selo tùt aparas, le sel ki u-t
ehape ò nofraj; e, a-n efè, je ne revi jamè-z ôku d'ê, pà mêm la
mûidr-e tras, êksèpte trûà hapô, u bonê e dê sûlie deparele.

Je tûrne lè-z yê du kôte du vèsô ehûe; mè la mèr été si ekumêz e
si kûrûse, e il se trûvè-t a un distas si grad k'a pên pûvè-j le distige;
a sêt vu je m'ekrie : Gra Diê! koma-t è-t il posibl ke je sûa venu a tèr!

Aprè m'êtr sûlaje par tû se k'il i avè de kosola da ma situàsio, je
komase a regarde-r ôtûr de mûa, afi de vûar a kèl lié j'êtè e par û
il me falè debute. Elàs! je sati biitô diminue mo-n alêgrès, e je trûve
ke, lûi d'avûar a me felisite de ma delivras, èl ètè-t afrêz, kar j'êtè
mûle, e je n'avè pûi d'abi pûr me sehe; j'avè fi e je n'avè rii-n a
maje; j'avè sûaf, e je n'avè rii-n a bûar; j'êtè fêbl, e je n'avè rii pûr
me fortifie; je n'avè-z a som d'ôtr-e pêrspèktiv ke sêl de mûrir de fi

û d'êtr-ɛ devore par lɛ bɛt feros. Jɛ ne posèdè-z òkun arm avèk lakèl
jɛ pus tue kèlk'animal pûr ma supsistas , ni mɛ defadr kotr-ɛ kèlkɛ
kreatur kɛ sɛ fu ki vûdrò m'òtc la vi ; a-n u mò, jɛ n'avè rii sur
mûa k'u kûtò, un pip e u pê de taba da-z un bûat : s'êtê la tût ma
provizio. Jɛ tobe biitò da dɛ têribl-z agûas, e dura kèlk-ɛ ta jɛ kûru
sa e la kom u-n isase. Sɛpada la nui-t aprohê, e jɛ komase a kosidere
kèl serê mo sor si sêt têr nûrisê dè bêt feros, saha kɛ sê-z animò ròd
da l'opskurite pûr hêrhe lɛr prûâ.

L'unik remèd , pûr lɛ moma preza, êtê de moto sur u sèrtê-n arbr,
do lɛ brahaj êtê for-t épê, sablabl a u sapi, mè-z epinê, ki krûasê
prè de la , e û jɛ rezolu de pàse la nui, a-n atada lɛ jar de mor k'il
mɛ fòdrê subir lɛ ladmi, kar jusk'alor l'arè m'a parèsè-t irevokabl.
Jɛ m'elûage d'aviro u demi kar de mil du rivaj pûr vûar si jɛ ne trùvrê
pûi d'ò dûs ; j'u lɛ boner d'a rakotre, sɛ ki mɛ kòza de la jûà ò miliê
de mê têribl-z agûas. Aprè-z avûar bu e mi u pê de taba da ma bûh
pûr prevnir la fi , jɛ kûru-z a l'arbr , sur lekèl jɛ hêrhe a mɛ plase
de manièr a nɛ pâ tobe, si jɛ venè-z a m'adormir ; j'avè-z a la mi u
bàto kɛ j'avè kûpe pûr mɛ sèrvir de defas. Arme de la sort, jɛ pri
mo lojma. Com j'êtê-z èkstrêmma fatige, jɛ tobe da-z u profo somèl,
ki repara têlma mê fors, kɛ jɛ ne pas pâ-z a-n avûar u de plu salutêr ,
ni k'il i ê bòkù de ja ki puis pàse-r un òsi bon nui da-z un si fàhêz
kojoktur.

Il fɛzè gra jûr lorsk-ɛ jɛ m'evele ; lɛ ta-z êtê klêr, la tapèt disipe,
et la mêr êtè-t òsi trakil k'êl avè-t cte ajite la vêl. Mê kèl fu ma
surpriz a vûaya kɛ, par l'elevàsio de la mare , lɛ vêsò avè-t ete alve
pada la nui de desu lɛ ba de sabl û il êtè-t agrave, e k'il avè derive
tû prè du rohe û jɛ m'êtê si kruêlma mertri. Il i avè-t aviro u mil de
l'adrûa-t û j'êtê jusk-ɛ la , c kom lɛ bàtima parèsè-t akor repòze sur sa
kil , jɛ sûètè vivma d'êtr a bor , afi d'a tire , pûr mo-n uzaj , kèlk'un
dè hòz lɛ plu nesesèr.

Dè kɛ jɛ fu desadu du lojma kɛ jɛ m'êtê hûazi da l'arbr, jɛ regarde
akor òtûr de mûa, e la premier hòz kɛ jɛ dekùvri fu la halûp kɛ lɛ
va-t e la mare avè jete sur la kòt, a aviro dè mil de mûa, a ma mi
drûat. Jɛ marhe lɛ lo du rivaj òsi lûi kɛ jɛ pu pûr ale jusk-ɛ la ; mè jɛ

trùve u bra de mèr d'aviro u demi mil de larjer atr-e mùa e la halûp ; tèlma ke jê retûrne sur mê pà , lêsa la hòz pùr sêt fùa , parse ke mê dezir se tùrnê bii plus du kòte du vêsô, ù j'êsperô trùve de kùa fùrnir a ma supsistas.

U pê aprê midi , je vi ke la mèr êtê for kalm e la mare si bâs ke je pùvê-z avase jusk'a u kar de mil du vêsô , e se fu-t u renùvêlma de dùler , kar je vùayê klêrma ke, si nù fusio rêste a bor, nù serio tûs venu-z erêzma-t a têr, e je n'orê pà-z u le hagri de me trùve, kom j'êtê-z alor , denue de tût kosolàsio e de tût kopaḡi. Sê reflêksio m'arahêr dê larm ; mê kom êl n'aportê k'u fêbl-e sùlajma-t a mê mô, je rezolu d'ale-r ò vêsô, si pùrta je le pùvê. Il fezê-t un haler êksêsiv ; je me depûle de mê-z abi, e je me jete da l'ò. Ka je fu-z arive ô pie du bâtima , je trùve plu de difikulte a mote sur le tilak ke je ne m'i êtê-z atadu ; il repòzê sur têr ; mê-z il êtê or de l'ò d'un grad-e òter e il n'i avè rii-n a ma porte ke je pus sezir. J'a fi dê fùa le tûr a la naj ; la segod fùa, j'apèrsu-z u bù de kord ki padê-t a l'ava, e ke je m'etone de n'avùar pà vu d'abor ; je m'a sezi avêk bôkù de pên , e par se mùayi je gripe sur le galar. Ka j'i fû, je vi ke le vêsô êtê-t atrùvèr, e k'il i avè bôkù d'ò a fo de kal ; mê k'eta pòze sur le fla d'u ba do le sabl êtê fèrm, il portê sa pûp êkstrêmma ô ; e sa prù si bà , kêl a-n êtê prêsk-e da l'ò ; de sêt maniêr , le po se trùvê tù-t a fê-t egza d'ò , e se k'il rafèrmê êtê-t a sèk. O pas bii ke la premiêr hòz ke je fi fu de hêrhe partù-t e de vùar se ki êtê gàte e se ki êtê-t itakt. Tùt lê provizio du vêsô n'avê nulma sùfèr de l'ò : kom j'avê gra-t apeti, j'ale a la sùt , e je me mi-z a maje, tù-t a m'okupa-t a d'òtr-e hòz, kar je n'avê pà de ta-z a pêrdr. Je trùve du rom da la habr du kapitên, e j'a bu-z u kù ; j'avê gra bezûi de kordial pùr m'akùraje-r a suporte lê sùfras ki me rêstê-t a esuiye.

Il ne m'orê sèrvi de rii de demere lê bra krùaze, e de pêrdr le ta a sùete se ke je ne pùvê-z a-n ôkun maniêr optenir. La nesesite me radi prevùaya-t e idustriê.

Nù-z avio-z a bor, a rezèrv, pluzier vêrg, u-n ù dê mâ de perokê e dê-z ù trùà grad bàr de bùa ; je pri la rezolusio de lê mêtr a-n evr, e je lê lase or du bor, aprè lê-z avùar separema-t atahe-z a un kord, afi k'il ne derivas půi. Sela fè, je desadi sur le kòte du bâtima , e lò tira-t a můa, j'atahe katr de sè piès-z asabl par lô dê bů, le miê k'il me fu posibl, dona-t a mo-n ůvraj la form-ε d'u radò. Aprê-z avůar pòze a travèr dê-z ů trůà plah for kůrt, je trůve ke je půvè marhe desu, mô k'il ne půrè porte-r un grôs harj, a rêzo de sa tro grad lejèrte. Je retůrne ò traval, e a l'èd de la si du harpatie, je partaje un dê vêrg a trůà piès , e je lê-z ajůte a mo rado, no sa bòků de pên e de traval. L'êsperas de me prokure dê hòz ki m'êtè si nesesêr me sêrvi d'egilo půr fêr bii-n ò dela de se do j'orê-z ete kapabl a tůt òtr okâzio.

Deja mo radò êtê-t ase for půr porte-r u půà rezonabl; il ne s'ajisò plu ke de vůar de kêl-z objê je le harjerè, e koma je prezêrverè sa harj de l'isult-ε dê-z ò de la mèr; mê je ne m'arete pâ bòků-p a sêt kosiderâsio, e d'abor j'i mi tůt lô plah ke je pu trůve; asuit, aprê-z avůar bii kosidere se do j'avè le plu bezůi, je komase par pradr-ε trůà kofr de matlô, do j'avè forse lê serur půr lè vide, e je lê desadi avêk un kord sur mo radò. Da le premie, je mi dê provizio : du pi, du ri, trůà fromaj de olad, si piès de bůk sehe, e u peti rêst-ε de blé d'Εrop mi-z a par půr nůrir kêlk-ε volâl ke nů-z avio-z abarke. Il i avê-t òsi un sêrtên katite d'orj e de froma mele asabl ; mô, a mo gra regrê, je vi ke sê gri-z avê-t ete maje-z ů gâte par lô ra. Ka-t a la bůaso, je trůve pluzier kês de bůtêl apartena-t a notr-ε kapitên, e parmi lêkêl il i avê kêlke-z ò kordial; vi-t katr-ε d'atr êl kotenè du rak. Je lê-z araje separema, parse k'il n'êtê pâ nesesêr ni mêm posibl de lê mêtr-ε da le kofr. Pada sêt okupâsio, je m'apêrsu ke la mare komasê-t a mote, kůake peziblema, e j'u le hagri de vůar mo-n abi, ma vêst e ma hemiz, ke j'avè lese sur le rivaj, flote-r e s'a-n ale-r ò gre de l'ò : je n'avè půi kite ma kulot, ki n'êtê ke de tůal e ůvêrt ò jenů, no plu ke mê bâ, půr naje jusk'ò bor. Sêt aksida me fi-t ale-r a la kêt dê ard, e je ne fu pâ lota-z a fůle sa vůar ke je půvê-z ezema repare ma pêrt avêk uzur ; mô je me kotate de pradr se do je ne půvê-z apsoluma me pâse půr le moma, parse k'il i avè d'òtr-ε hòz ke j'avè bòků plu-z a ker de me prokure : de se nobr êtê dê-z ůti půr travale ka je serê-z a têr. Aprê-z avůar lota hêrhe, je trůve afi le

kofr du harpatie; se fu-t u trezor pûr mûa, mê-z u trezor bôkû plu
presiê ke ne l'òrê-t ete u vêsò harje d'or. Je le desadi e le pòze sur
mo radò tèl k'il êtè, sa pèrdr-e de ta a regarde deda, kar je savê-z
a grò se k'il kotenê.

La hôz ke je dezirê le plu-z aprè sèl la, s'êtò dè munisio-z e dê-z
arm. Il i avê da la habr du kapitèn dò fuzi for bo e dê pistolè. Je
m'a sezi d'abor, isi ke de pluzier kornê-z a pûdr, d'u peti sak de
plo, e de dê viêl-z epe rûle. Je savê k'il i avê kêlk-e par trûâ bari
de pûdr, mê j'iḡorê-z a kèl adrûa notr-e kanonie lê-z avè sere. A la fi
pûrta je lê detere, aprê-z avûar vizite kûi-z e rekûi. Il i a-n avê-t u ki
avê-t ete mûle; lê dê-z ôtr-z êtê sèk e a bo-n eta, e je lê plase avêk
lê-z arm sur mo radò. Alor je kru m'êtr-e muni d'ase de provizio; il ne
me rêstê plu de sûsi ke pûr lò koduir jusk'a têr, kar je n'avê ni vûal,
ni ram, ni gûvêrnal, e la mûidr-e bûfe pûvê submêrje tût ma kargêzo.

Trûâ hôz relevê mê-z èsperas : la mêr êtê trakil, la mare motê-t
e portê-t a têr; le va, tû fêbl k'il êtò, ne lêsê pà d'êtr-e favorabl. Je
trûve akor dê-z û trûâ ram-z a mûatie ropu, depada de la halûp, dê
si, un bizegu, avêk u martò, sa kote se ki êtê deja da le kofr du
harpatie; j'ajûte le tû-t a ma kargêzo, pui je me mi-z a mêr. Mo radò
voga trè bii l'èspàs d'aviro u mil; selma je m'apèrsu k'il derivê-t u
pê de l'adrûa-t û j'avê pri têr ôparava, se ki me fi juje k'il i avê-t
u kûra d'ò, e j'èspere trûve-r un bê û un riviêr, ki me tiidrê liê de
por pûr debarke ma kargêzo.

La hôz êtê kom je l'avê-z imajinê. Je dekûvri vi-z a vi de mûa un
petit ûvèrtur de tèr vèr lakèl je me sati-z atrene par le kûr rapid de
la mare. Je gûvèrne mo radò le miê ke je pu pûr lui fèr tenir le fil de
l'ò, mê je fali fèr u sego nofraj, e si u têl maler me fu-t arive, je
krûa veritablema k'il m'orè porte un atit mortèl. Sêt kòt m'eta tû-t
a fê-t ikonu, j'ale tûhe sur le sàbl d'u bù de mo radò, e kom il flotê
de l'òtr, pê s'a falu ke ma kargêzo ne glisa-t a-n atie de se kôte e k'èl
ne toba da l'ò. Je fezê tû mo posibl pûr mitenir lò kofr da ler plas a
m'apuiya kotr ê; mê mê fors êtê-t isufizat pûr degaje le radò; je n'òzê
pà mêm kite la postur û j'êtê, e sûtena la harj de tû mê-z efor, je rêste
da sêt atitud prè d'un demi er, dura lakèl la mare me releva pê a pê,

fini par me mêtr de nivò. Kêlke moma-z aprè, l'ò, ki kotinuê-t a s'elve, fi flote mo radò, ke je pûse ôsitò-t avêk ma ram da le kanal; êya-t avase u pê plu ò, je me vi-z a l'abûhur d'un petit riviêr, da lakêl remotê-t u kûra û flu rapid. Sepada je hêrhò dè-z yê, sur l'u-n e l'òtr-e bor, un plas û je pus .pradr-e têr, kar je ne me sùsiè pûi d'atre plu-z ava da la riviêr; l'êsperas ke j'avè de dekùvrir kêlke vêsò me dêtèr-minê-t a ne pûi m'elûage de la kòt.

Afi j'apêrsu-z a mi drùat u peti redui, vêr lekêl je koduizi mo radò, no sa bòkû de pên e de difikulte; je m'aprohe ò pûi ke je tùhê-z ò fo de l'ò avêk ma ram; je pùvè-z ezema-t atidr le rivaj, mê-z a le feza je kûrê-z un segod fùa le risk de submêrje tù mo magazi, kar le bor ofra-t un pat ase rêd, je ne pùvê debarke ke da-z un plas û mo radò, lorsk'il viidrè-t a tùhe, serè si for-t elve par u bù e afose par l'òtr, ke je me trûvrê-z a daje de tù pêrdr. Je pri le parti d'atadr ke la mare fu tù-t a fê òt, me sêrva de ma ram a giz d'akr pùr arete mo radò e a tenir le fla-k aplike kotr-e le bor, prè d'u teri pla e uni, ke l'ò ne pùvê make de kùvrir. Se mùayi reusi; mo radò tirê-t aviro u pie d'ò; dè ke je m'apêrsu ke j'a-n avè-z ase, je le jete sur la plaj, û je l'amare a-n afosa da la têr mê dê ram ropu, l'un a u bù, l'òtr a l'òtr-e bù, e je demere da sêt situâsio jusk'a se ke la mare fu tù-t a fê bàs, e k'êl lêsa mo radò e se k'il portè-t a sêk e a tùt surte.

La premiêr hòz ke je fi, aprè sêt erê debarkema, fu d'ale rekonêtr le pei e de hêrhe-r u liê kovnabl pùr ma demer isi ke pùr sere mê-z efè e lê mêtr a surte kotr-e tù-t aksida. J'iḡorê-z akor si sêt têr êtê da le kotina û bii da-z un il, si êl êtê-t abite û inabite, si j'avè-z û no kêlke hòz a kridr dè bêt sòvaj. Il n'i avè pâ plu d'u mil de sêt adrùa a un motaḡ trê òt e trê-z êskarpe, do le somê dominê-t un hên de plu-zier-z òtr-e motaḡ situe-z ò nor. Je pri-z u de mê fuzi e u de mê pistolè avêk u kornè de pùdr e u peti sak de plo; arme de la sort, j'alè a la dekùvèrt jusk'ò ò de sêt motaḡ, û, eta-t arive avêk bòkû de fatig e de suer, je vi kobii ma dèstine êtê deplorabl. Je rekonu ke j'êtê da-z un il, atûre partù de la mèr, sa pùvùar dekùvrir d'òtr-e têr ke pluzier rohe for-t elùage de la, e dê petit-z il bòkû mùidr ke sêl û je me trûvê, situe a prè de trùà liê a l'west.

Je trûve de plus ke l'il ù je me vûayè rafèrme ètè steril, e j'avè tû
liè de krûar k'il n'i avè pùi d'abita, sino petètr dè bèt feros; je n'a
vûayè sepada-t ôkun, mè bii katite d'ûazô do je ne konèsè ni l'èspès
ni l'uzaj ke j'a pûrè fèr ka je lè-z orè tue. A mo retûr, je tire u-n ûazô
for grò, ke je vi pôze sur u-n arbr ô bor d'u gra bûâ. S'ètè sa dùt le
premie kû de fuzi ki u-t ete tire da se liè la depui la kreàsio du mod,
kar je ne l'u pâ plutô lâhe k'il s'elva de tû lè-z adrûa du bûâ u nobr-e
prèsk ifini d'ûazô de pluzier jar, avèk u brui kofu kôze par lè kri e
lè piôlma difera k'il fezè-t atadr haku selo so-n èspès. Ka-t a l'ûazô
ke je tue, je le pri pûr un sort-e d'epèrvie, kar il a-n avè la kûler e
le bèk, mè no pâ lè-z epro ni lè sèr; sa hèr d'un oder fort ne valè-t
apsoluma rii.

Aprè sèt dekûvèrt, je revi-z a mo radò e me mi-z a le deharje. Se
traval m'okupa le rèst-e du jûr, e lorsk-e la nui vi, je ne savè ke fèr
de ma pèrson ni kèl liè hûazir pûr pradr-e du repò, kar je n'ôzè
dormir a tèr krèga ke dè bèt feros ne vis me devore. Je me sui koviku
depui k'il n'i avè rii de parèl a kridr.

Je me barikade le miè ke je pu avèk lè kofr e lè plah ke j'avè-z amne
a tèr, e je me fi-z un èspès de ut pûr me loje-r ô mùi sèt nui la. Pûr
se ki ô de la nùritur ke l'il me fùrnirè, je ne kosevè pà-z akor d'ù èl
pûrè venir, si se n'è ke j'avè vu dè-z ù trûâ-z animô sablabl-z a dè
lièvr kûrir or du bûâ-z ù je tire l'ûazô.

Je me figure alor ke je pûrè-z akor tire du vèsô bii dè hôz ki me
serè-t util, partikulièrma dè kordaj, dè vûal e ôtr-z objè ki pùvè se
trasporte-r a tèr. Je rezolu dok de fèr u-n ôtr-e vûayaj a bor, si je le
pùvè; e kom je savè ke la premièr tùrmat ki s'elèvrè ne makrè pâ
de brize le bâtima-t a mil piès, je renose a tùt ôtr atrepriz jusk'a se
ke j'us egzekute sèl si. Alor je ti kosèl pûr savûar si je retùrnerè-z
avèk le mèm tri; mè la hôz ne me paru pâ pratikabl; je pri le parti
d'alo, kom la premièr fûa, ka la mare serè bàs; se ke je fi, avèk sèt
diferas selma ke je me dezabile ava de sortir de ma ut, ne garda sur
mûa k'un hemiz dehire, dè kalso e un pèr d'èskarpi.

Je me radi-z ô bàtima, e j'i prepare u sego tri. L'èksperias ke j'avè-z
akiz da la fabrikàsio du premie m'èya radu plu-z abil, je fi selui si

mùi lùr, e me garde bii de le surharje. Je ne lese pùrta pà d'aporte pluzier hòz ki me fur trê-z util : premièrma je trùve da le magazi du harpatie dê-z ù trùà sak pli de klù e de pùit, un grad tariêr, ò mùi-z un dùzên de ah, un piêr a egize, istruma d'un grad utilite. Je mi le tù-t a par avèk pluzier hòz ki avê-t apartenu ò kanonie, tèl ke dê-z ù trùà levie de fèr, dê bari de bal, sè mùskê, u-n òtr-e fuzi de has, un petit katite de pùdr, u grò sak de draje e u gra rùlò de plo; mê se dèrnie êtò si peza, ke je n'u pà la fors de le sùlve-r ase pùr le fêr pàse par desu le bor du vêsò.

J'alve, a-n ùtr, tù lè-z abi ke je pu trùve, avèk un vùal de surkrùà du perokè de mizên, u amak, u matlà e kêlk-e kùvêrtur. Je harje tù se ke je vii de detale sur mo sego tri, e je le koduizi a têr avèk u suksè ki kotribua èkstrèmma-t a me kosole de mê disgrâs.

Ta ke je fu-z elùage de têr, je pase ke le mùidr-e maler ki pùrê m'arive serê ke lè bêt sòvaj devoras mê provizio; mê-z a mo retùr je ne trùve òkun mark d'irupsio de ler par, si se n'è k'u-n animal sablabl a u ha sòvaj, êtê-t asi sur u de mê kofr; dè k'il me vi-t aprohe, il s'afui-t a kêlke pà de la, pui s'arêta tù kùr; il ne parèsê ni dekotnase ni efreye, e il me regardê fiksema, kom s'il u-t u kêlk avi de s'aprivùaze-r avèk mùa. Je lui prezate le bù de mo fuzi; mê kom il ne savè pà se do-t il s'ajisê, il ne s'a-n efreya pùi, e ne se mi-t òkunma-t a mezur de pradr-e la fuit. Je lui jete u morsò de biskui k'il ne dedega pà, e il pri si bii la hòz k'il me fi konêtr par so-n èr kota k'il êtê dispòze a a-n aksêpte-r un òtr dòz; mê vùaya k'il ne gàgè rii-n a atadr, il pri koje de mùa.

Lê tonò ù notr-e pùdr êtê rafèrme se trùva tro grò-z e tro peza, j'avê-z ete oblije de lò defose pùr l'a tire peti-t a peti e de la harje sur mo tri a pluzier pakè, se ki avè proloje mo-n operàsio. Le vùaya-t a têr avèk tùt ma kargèzo, je komase a me fèr un petit tat ò mùayi de la vùal e dê pikê, ke je kùpe da sêt itasio. J'aporte da sêt tat tù se ke je savè pùvùar se gàte-r a la plui ù ò solèl; asuit je me fi-z u rapar dê kofr-e vid-z e dê tonò, ke je plase lò-z u sur lò-z òtr òtùr de ma tat pùr la fortifie kotr-e tù-t asala de kêlk èspès k'il pu-t êtr.

Je barikade la port-e de sêt tat avèk dê plah a deda e u kofr-e vid drese sur u bù , a deor ; e aprè-z avûar plase mè pistolé-z a mo hevê, mo fuzi a mo kôte , je me mi-z ò li pùr la premièr fûa , e je dormi for trakilma tût la nui. J'êtê là-z e akàble, kar je n'avê dormi ke for pê la nui d'ôparava e j'avê rudma travale tù le jûr.

Le magazi d'efè de tût êspès ke j'avê-z alor êtê , je pas, le plu grô ki ù-t ete amàse par un sel pèrson , mê je n'êtê pà-z akor kota , e je m'imajinê ke, ta ke le vêsô rêsterê sur sa kil , il êtê de mo devûar d'a-n ale tire tù se ke je pûrê. Hak jûr je me radê-z a bor pada la mare bàs , e j'a raportê tatô-t un hôz, tatô-t un ôtr. La trûàzièm fûa ke j'i ale, j'alve tù se ke je pu dê-z agrê ; lê petit kord-z e le fil de karê, un piès de kanvà e le bari de pûdr ki avê-t ete mûle , afi tût lê vûal, depui la plu grad jusk'a la plu petit, je fu-z oblije de lê kûpe-r a pluzier morsò , e d'aporte le plus ke je pùvê-z a hak repriz ; kar êl n'êtê plu propr a sêrvir de vûal, mê selma pûr sipl-e kanvà.

Se ki me fi le plu de plezir da tù mo buti , s'ê k'aprè-z avûar fê sik ù si vùayaj e ò moma-t û je krûayê k'il n'i avê plu rii da le bàtima ki valu la pên de s'a-n abarase, je trûve akor u gra morsò de biskui, trûà bo bari de rom û d'ô de vi , un bùat de kasonad e u mui de fler de farin trè bêl.

L'agreabl-e surpriz ù me jeta sêt dekùvèrt fu d'òta plu grad ke je ne m'atadê plu-z a rakotre-r òkun provizio ke l'ò n'u-t atièrma gàte. Je vide ò plu vit le tonô de biskui ; j'a fi pluzier par , e je lê-z avlope da dê morsò de vûal ke je tàle presizema pûr sêt objê, e afi je trasporte sêt harj a têr avèk òta de boner ke lê-z òtr.

Le ladmi, je fi-z u-n òtr-e vùayaj. Kom j'avê depûle le vêsô de tù se ki êtê-t ezema trasportabl , je komase a me mêtr aprê lê kàbl. Je debute par lê plu grô , ke je kûpe a pluzier piès proporsione-z a mê fors , de manièr a pûvûar lê remuer ; j'amosle dê kàbl e un asièr, et tût la feràl ke je pu-z arahe ; asuit , èya kûpe la vèrg de bôpre e sêl de mizèn pùr me fêr u gra radô, je me mi sur sêt harj pezat, e je voge. Se radò êtê si lùr e têlma surharje, k'eta-t atre da le redui ù j'avê debarke mê-z òtr-e provizio, e ne pùva le gùvèrne-r òsi bii ke j'avê fê dê-z òtr, il me ravèrsa a me jeta da l'ò avèk tût ma kargêzo. Relativma-t a mùa, le mal n'êtê pà gra , kar j'êtê proh de têr ; mê je

pèrdi la màjer parti de ma kargèzo, surtù le fèr do je m'ètè promi
de fèr u bo-n uzaj. Neamùi la mare eta devenu bàs, je sòve la plupar
dè piès de kàbl e kèlke-z un de fèr, a la verite avèk u traval ifini,
puiske j'ètè-z oblije de ploje, egzèrsis ki me fatiga bòkù. Malgre se
revèr, je ne make pùi d'ale-r a bor un fùa par jùr e d'a-n aporte tù
se ke je pùvè-z alve.

Il i avè deja trèz jùr ke j'ètè-z a tèr ; j'avè fè oz vùayaj a bor dura
se ta, e j'avè-z alve tù se k'un pèrson sel ètè kapabl d'aporte. Je krùa
ne pà-z egzajere, a diza ke, si le kalm u kotinue j'orè-z amne a tèr
tù le bàtima, piès a piès. Je vùlu-z i retùrne-r un dùzièm fùa ; mè kom
je m'i preparè, je trùve ke le va komasè-t a s'elve, se ki ne m'apèha
pà de m'i radr dura la mare bàs ; e kùake j'us sùva fùle e refùle par
tùt la habr du kapitèn avèk ta d'egzaktitud ke je krùayè k'il n'i avè
plu rii-n a trùve, je dekùvri sepada-t un armùar garni de tirùar da
l'u dèkèl je trùve dè-z ù trùà ràzùar, un petit pèr de sizò e diz ù dùz
kùtò avèk òta de fùrhèt ; da-z u-n òtr, il i avè-t aviro trat si livr-e
stèrli a piès, lè-z un monè d'Erop, lè-z òtr-e du Brezil, mùatie a-n
or, mùatie a-n arja, e atr otr kèlke piès de uit.

A la vu de sèt arja je sùri : Vanite dè vanite! m'ekrie-j ; metal
iposter, ke tu è vil a mè-z yè! A kùa pè tu me sèrvir? Tu ne vò pà
la pèn ke je me bès pùr te ramàse ; u sel de sè kùtò è plus pùr mùa
ke lè trezor de Krezus ; demer dok ù tu è, ù plutò va ò fo de la mèr !
Aprè-z avùar done u libr-e kùr a mo-n imajinàsio, je me ravize pùrta
tù-t a kù e prena sèt som avèk lè-z ustasil ke j'avè trùve da l'armùar,
j'apakte le tù da-z u morsò de kanvà. Deja je pasè-z a fèr u radò, ka
je m'apèrsu ke le sièl se kùvrè-t e k'il komasè-t a frèhir. Ò bù d'u kar
d'er le va sùfla de la kòt, e sur le ha je pase ke se serè-t u projè
himerik de vùlùar fèr u radò avèk u va ki venè de tèr ; le plu kùr
parti ètè de m'a retùrne-r ava ke le flu komasa si je ne vùlè dir adiè
pùr jamè-z a la tèr. A kosekas, je me mi-z a naje, e je travèrso l'èspàs
ki se trùvè-t atr-e le vèsò e lè sabl, mè se ne fu pà sa bòkù de pèn,
ta-t a kòz du pùà ke je portè, k'a rèzo de l'ajitàsio de la mèr, kar le
va s'elva si bruskema k'il i u-t un tapèt ava mèm ke la mare fu òt.

Mè j'ètè deja radu he mùa, a l'abri de l'oraj, e poste da ma tat ò

satr de mè rihês. Il fi-t u grò ta tût la nui, e le mati ka je regarde a
mèr, le vêsò avè disparu.

Dè lors je ne pase plu-z ò vêsò ni a se ki m'a pûrê revenir, òksêpte
se ke la mèr aporterê de sê debri sur le rivaj, kom, a-n efè, da la
suit, èl a jeta pluzier morsò ki ne me sèrvir pâ bôkû.

Tût mê pase ne tadè plu k'a me mètr a surte kotr-e lê sòvaj e lè bêt
feros, s'il i a-n avè da l'il. Je ne savè si je me krêzrê-z un kav û si
je me drêsrê-z un tat; afi je rezolu d'avûar l'un e l'ôtr.

Je rekonu d'abor ke la plas û je me trûvè n'êtè pâ propr a u-n eta-
blisma; d'abor, parse ke le teri eta bâ-z e marekajê, j'avê sujê de
dûte de sa salubrite; asuit, parse k'il n'i avê pâ d'ò dûs prê de la;
je pri le parti de hèrhe-r u sit plu kovnabl.

J'avè pluzier-z avataj-z a kosulte da la situâsio ke je jujê devûar
me hûazir : le premie êtè de jûir d'un bon sate, e par koseka d'avûar
de l'ò potabl; le sego d'êtr a l'abri dè-z arder du solêl; le trûaziêm,
de me garatir kotr-e lê-z atak dè-z animò devora, om-z û bêt ; e le
katriêm, d'avûar vu sur la mèr, afi ke, s'il venê kêlke vêsò da sê
paraj, je n'omis rii de se ki pûrê favorize ma delivras.

Kom j'êtè-z a hèrhe-r un plas ki reuni tû sê-z avataj, je trûve un
petit plên situe ò pie d'un kolin elve, do le fro êtè rêd e sa tâlu,
kom la fasad d'un mèzo, têlma ke rii ne pûvè venir a mûa du ô-t a
bâ. Sur le deva de se rohe, êtè-t u-n afosma ki resablê-t ase a l'atre
û a la port-e d'un kav; mê-z il n'egzistè-t a-n efè ôkun kavêrn ni ôku
hemi ki ala da le rok.

Se fu sur sèt êsplanad e deva sèt afosma ke je rezolu de m'etablir.
La plên n'avè pâ plu de sa verj de larjer; èl s'etadè-t aviro un fûa
plu-z a loger e formê deva mo-n abitàsio u-n êspês de tapi vêr, ki se
têrminê-t a desada reguliêrma de tû kòte vêr la mêr. Sêt situâsio êtê-t
ò nor west de la kolin, de maniêr k'èl me metê-t a l'abri de la haler
jusk'a se ke j'us le solêl a l'west kar sud west û aviro, se ki ê-t a pê
prè l'er de so kûhe da sè klimâ.

Ava de drese ma tat, je tire ò deva de l'afosma du rohe u demi
sêrkl ki aklavê-t aviro di vèrj da so demi diamêtr, depui so pûi satral
jusk'a sa sirkoferas, e vi de diamêtr d'u bû jusk'a l'ôtr.

Je plate da se demi sêrkl dê ra de fort-ɛ palisad, ke j'afose a têr jusk'a se k'él fus fôrm kom dô pilie; lɛr grô bû ôtô pûitu e s'elvô de têr a la ôtɛr de si pie-z e demi; il n'i avô pâ plu de si pûs de distas de l'u-n a l'otr ra.

Je pri-z asuit lô piôs de kàbl ke j'avô kûpe a bor du vôsô, e lô raje lô-z u sur lê-z ôtr da l'atr-ɛ dê du dûbl-ɛ ra jusk'ô ô dô palisad; pui j'i ajûte d'ôtr-ɛ piô d'aviro dê pie-z e demi, apuye kotr-ɛ lô premie, e lɛr sôrva d'apui a deda du demi sêrkl. Sêt ûvraj ôtô si for k'il n'i avô ni om ni bêt ki pu le forse-r û pâse par desu; il me kûta bôkû de ta-z e de traval.

Je fi, pûr atre da la plas, un petit ehôl avêk lakôl je pâsô par desu mê fortifikàsio; ka j'ôtô deda, j'alvô e je retirô sôt ehôl aprô mûa. De sêt maniêr, je me krûayô parfêtma defadu e bii fortifie kotr-ɛ tû-t agrêser, e je dormô-z a tût sekurite pada la nui. S'ô da se retrahma û da sêt forterôs ke je trasporte mê provizio, mê munisio, a-n u mô, tût mê rihôs. Je m'i drese un grad tat ke je fi dûbl pûr me garatir dô plui, reêlma-t êksôsiv da sêt rejio pada sêrti ta de l'ane. Je drese d'abor un tat mediokr, asuit un plu grad par desu, e je kûvri le tû d'un tûal gûdrone ke j'avô sôve avêk lê vûal.

Dê lor, je sese pûr lota de kûhe da le li ke j'avô raporte a têr, êma miô dormir da-z u amak.

Je porte da ma tat tût lê provizio ki pûvô se gâte-r a la plui, e êya-t isi rafêrme tû mê bii da l'asit de mo domisil, j'a bûhe l'atre e me sêrvi de mo-n ehôl.

Sêt ûvraj fini, je komase a krêze da le rok, e porta la têr e lê piôr ke j'a tirô a travêr ma tat, je lô jete asuit ô pie de la palisad, de têl sort k'il a rezulta un sort-ɛ de teras ki elvô le sol d'aviro u pie e demi a deda. Je me fi-z un kavêrn ki ôtô kom le selie de la mêzo, justema dêriêr ma tat. Il m'a kûta u lo-g e penibl-ɛ traval ava ke je pus mêtr la dêrniêr mi a sô difera-z ûvraj. U jûr, lorsk-ɛ je ne m'ôtô-z akor ke figure le pla de ma tat e de ma kav, il ariva k'u nuaj sobr e epô s'eta forme, il a sorti-t u-n oraj; sûdi il fi-t u-n eklôr, e biitô-t aprô u kû de tonêr. Je ne fu pâ ta frape de l'eklôr ke d'un pase ki pâsa da mo-n êspri avêk la protitud de se meteor. Â! di-j a mûa mêm, ke deviidra ma pûdr ? Sa-z êl koma mε defadre-j ? Koma pûrvûare-j a ma nûritur? J'êtê plu mor kε vif, lorsk-ε jε fi reflêksio kε tût ma pûdr pûrê sôte-r a-n u-n ista.

Sêt ide fi ta d'iprêsio sur mûa, kε, ka l'oraj fu pâse, jε suspadi mê fortifikàsio e mê travô, e jε mε mi-z a fèr dê sak e dê bûat pûr, resere ma pûdr, afi kε, divize a pluzier pakê, dispêrse sa e la, l'u nε fi pà pradr-ε fê a l'òtr, e kε jε nε pus pâ la pêrdr tù-t a la fûa. Jε mi bii kiz jûr a finir sêt ûvraj, e jε krûa kε ma pûdr, do la katite motê-t a aviro sa karat livr, nε fu pâ divize a mûi de sa pakê. Ka-t ò bari ki avê-t ete mûlo, jε n'a redûtê-z ôku-n aksida; ôsi jε le plase da ma kavêrn, kε j'u la fatezi d'aple ma kuizin ; e pûr le rêst, jε lε kahe da dê trû de rohe, kε j'u gra sûi de remarke, e ki êtê-t egza d'umidite.

Dura le ta kε jε mi-z a se traval, jε nε lese pâse-r ôku jûr sa-z ale deor ò mûi-z un fûa, sûa pûr mε divêrtir, sûa pûr hèrhe kêlk-ε hôz de bo-n a maje û mêm pûr rekonêtr, ôta kε jε le pûrê, kêl-z êtê lê produksio de l'il. La premièr fûa kε jε sorti, jε rekonu biitò k'il i avê dê bûk, se ki mε kôza bôkû de jûà ; mê sêt jûà fu tapere par un sirkostas dezagreabl; s'ê kε sê-z animô êtê si sòvaj, si ruzé, e si leje a la kùrs, k'il n'i avê rii de plu difisil kε de lê-z aprohe. Sêt difikulte nε mε dekûraja pùrta pâ, nε dûta nulma kε jε n'a pus tue de ta-z a ta kom il ariva a-n efê biitô-t aprê ; kar, lorsk-ε j'u remarke lεr-z ale e lεr venu, vûasi kom jε m'i pri. Lorskε j'alê da lê vale, e kε jε lê vûayê sur lê rohe, il prenai d'abor l'epùvat e s'afuyê-t avêk un vités êkstrêm ; mê s'il-z êtê-t a pêtr-ε da lê vale, e kε jε fus sur le rohe, il nε remuê pûi, e nε prenê pâ selma gard a mûa. De la jε koklu kε, par la pôzisio de lεr-z yê, il-z avê la vu têlma dirije a bâ, k'il nε vûayê pâ-z ezema lê-z objê situe-z ô desu d'ê ; s'ê pûrkûa, da la suit, jε pri le parti de komase ma has par mote tûjûr sur lê rohe, afi d'êtr-ε plase plu ô k'ê, e alor j'a tue sùva-t a plezir. Du premie kû kε jε tire sur sê-z animô, jε tue un hèvr ki avê-t u peti hevrô akor a la mamêl, sirkostas do jε fu veritablema fàhe. Ka la mèr fu tobe, le peti rêsta ôprê d'êl jusk'a se kε j'alas la ramàse ; jε la harje sur mê-z epôl, e tadis kε jε l'aportê, le peti mε suivi jusk'a mo klô ; jε la depôze a têr, pui, prena le hevrô atr-ε mê brà, jε le porte par desu la palisad da l'èsperas de l'aprivûaze; mè-z il ne vûlu pûi maje, se ki m'oblija biitò-t a le tue e a le maje mûa mêm. Le prodûi de sêt has me nûri lota; kar je menajê mê provizio, surtû mo pi òta k'il m'ètê posibl.

Vûaya ke j'avê fikse mo-n abitàsio, je trûve k'il ètê-t apsoluma nesesèr de me hûazir u-n adrûa e d'amàse dê materiô pûr fêr du fê. Je dire plu tar se ke je fi-z a sêt itasio.

A preza dok ke je dûa retrase le tablô d'un vi solitèr, d'un vi têl k'o n'a pe-t êtr jamê-z ûi parle de rii de sablabl a se mod, je remotre jusk'ò komasma e je kotinure avèk ordr. S'è le tratièm jûr de sèptabr ke je mi pie-t a têr pûr la premièr fûa da se dezèr, a l'epok de l'ekinoks d'òton, ù le solèl dardê prèsk-e pêrpadikulèrma sê reyo sur ma têt, e je kotê, suiva mo-n èstim, êtr vêr la latitud de ne degre e vi-t dê minut ô nor de la lig.

Dis û dûz jûr aprê, il me vi da l'èspri ke tô-t û tar je ne pûrê kalkule la marh du ta fôt de papie, de plum-z e d'akr, e ke je ne pûrê plu distige lê dimah dê jûr de traval, si je ne m'avizê de kêlk èkspedia. Pûr prevnir un si fâhêz kofuzio, j'erije prê du rivaj, a l'adrûa-t û j'avê pri têr pûr la premièr fûa, u gra potô kare do je fi-z un krûà, e sur lekèl je trase sêt iskripsio : J'aborde isi le trat sèptabr 1659.

Sur lê kôte de se potô, je markê hak jûr u kra; tû lê sê jûr j'a markê-z u dûblema gra, e tû lê premie du mûà u-n ôtr ki surpàsê dûblema selui du sêtièm jûr; de sêt manièr, je me fi-z u kaladrie, kalkula-t avèk sûi lê semèn, lê mûà-z e lê-z ane.

Il fô-t opsêrve ke parmi le gra nobr de hòz ke je tire du vêsô, il s'a trûva bôkû de mûi kosiderabl-z a la verite ke sèl do j'e parle, mê ki pûrta ne m'ètê pûi d'u mûidr uzaj, kom, par egzapl, dê plum, de l'akr e du papie, e pluzier-z objè ke je trûve da lê kabin du kapitên, du mêtr e du harpatie; trûà-z û katr-e kopâ, dê-z istruma de matematik, dê kadra, dê lunèt d'aproh, dê kart-z e dê livr de navigàsio. J'avê pri tû sê-z objè pêl mêl, sa me done le ta d'egzamine se ki pûrê me sêrvir û no. Je trûve ôsi trûà bibl, ke j'avê resu avèk ma kargêzo d'Agletèr, e ke j'avê pri sûi de mêtr parmi mê-z êfê, lorsk-e je parti du Brezil; pui kêlk-e livr portugê, e, atr'ôtr, dê-z û trûà livr de prièr katolik, e pluzier-z ôtr ke j'u gra sûi de sere. Nû-z avio-z ôsi da le vêsô dê ha e u hii. J'aporte lè dê ha-z avêk mûa, le hii sôta du vêsô da la mêr, e vi me trûve-r a têr le jûr ke j'i amne la premièr kargêzo. Pada pluzier-z ane, il fi-t ôprê de mûa lè foksio d'u sêrviter e d'u kamarad fidèl; jamê-z il ne me lèsa make de se k'il êtê kapabl d'ale hèrhe; il aplûayè so-n isti-k a me prokure bon kopaği. J'avè trûve dê plum, de l'akr e du papie; je ti dok u kot egzakt de tû se ki m'ariva ôsi lota ke dura mo-n akr; mê ka-t èl fu fini, sela me devi-t iposibl, parse ke je ne trûve ôku mûayi d'a fèr de nûvèl, e rii pûr i suplee.

Se ki me fê sûvnir ke, da le magazi ke j'avè-z amàse, il me makê-t akor katite de hôz; de se nobr êtê premièrma-t un bêh, un pioh et un pèl pûr fûir e pûr trasporte la tèr; asuit dê-z eguil, dê-z epigl-z e du fil; pûr se ki ê de la tûalet, j'apri-z a pê de ta-z a m'a pase sa bôkû de pèn.

Se mak d'ûti êtê kôz ke je n'alè ke latma da tû se ke je fezè, e il se pàsa prê d'u-n a ava ke j'us atièrma-t ahve mo-n aklô. Lê piê do-t il êtê forme êtê si peza, ke s'êtè tû se ke je pûvê fèr ke de lê sûlve; il me falê ta de ta pûr lè kûpe da lê bûâ, pûr lê fasone, e surtû pûr lè koduir jusk'a ma demer, k'u sel me kûtê kêlk-e fûa dê jûr, ta pûr le kûpe ke pûr le trasporte, e u trûàzièm pûr l'afose-r a têr. Da se dèrnie traval, je me sèrvè-z ô komasma d'un grôs piès de bûâ; par la suit, j'imajine k'il serè plu komod de me sêrvir d'u levie de fèr, k'il me fu fasil de trûve, e ke j'aplûaye a sèt êfê; mê, malgre se sekûr, je ne lese pà de trûve ke s'êtè-t u rud egzêrsis ke selui d'afose dê palisad.

Je n'avè pà sujè de me rebute de la loger d'u traval kêl k'il fu; je ne devè pà-z ôtr avar de mo ta, e je ne sah pûi-t a kûa j'orè pu l'aplûaye si sèt ûvraj u-t ete têrmine, a mûi ke d'ale fèr la vizit de l'il pûr hèrhe de la nûritur, e s'ê-t ôsi se ke je fezê hak jûr.

J'akûtumè deja isasiblema mo-n èspri a suporte ma situâsio; j'avè pèrdu l'abitud de regarde-r a mêr pûr vûar si je ne dekûvrirè pà-z u vèsô, se ke jusk'alor je n'avê pà make de fèr hak jûr; sêsa de pèrdr-e mo ta-z a hôz vèn-z e sùva hagrinat, je vûlu dezormè l'aplûaye-r utilma-t a me prokure tû lê-z adùsisma posibl da se jar de vi.

J'e deja dekri mo-n abitâsio ke j'avê plase ô pie d'u rohe, e ki êtê-t un tat atûre d'u dùbl-ɛ ra dɛ fort-ɛ palisad, garni dɛ kàbl. Mô jɛ pûrɛ̀ bii mitna donɛ-r a ma klûazo lɛ no dɛ muràl; kar jɛ l'avê-z éfɛ̈ktivma mure a dɛor d'u rafor dɛ gàzo dɛ dê pie d'epôser. Ô bû d'u-n a e demi û aviro, j'ajûte dê hɛvro, ki prɛna du ô dɛ la palisad, apuyô kotr lɛ rohe, e kɛ jɛ garni-z e atrelàse dɛ brah d'arbr-z e d'ôtr materiô pûr mɛ garatir dê plui si violat-z a sôrti ta dɛ l'ane dɛ sô klimà.

J'e rakote koma j'avê raferme mô-z êfè, ta da sôt aklô kɛ da la kav ki êtê dêriêr mûa; sɛ ki nɛ fɛzê da lɛ komasma k'u-n amà kofu dɛ mɛbl-z e d'ûti, ki, fôt d'ôtr bii-n araje, okupô tût la plas, dɛ sort-ɛ k'il nɛ m'a rôstê pà pûr mɛ rɛmue. Jɛ mɛ mi-z, a kosekas, a elarjir ma kavêrn, a travale sû têr; lɛ rohe sêdê-t ase fasilma-t a tû mô-z efor; mɛ vûaya-t a surte du kòte dê bêt feros, j'avase mô travô da lɛ rok a mi drûat; asuit, tûrna-t akor un sɛgod fùa-z a drûat, je par-vi-z a mɛ fêr jûr a travêr pûr pûvûar sortir par un port ki fu-t idepadat dɛ ma palisad û dɛ mê fortifikàsio.

Sêt ûvraj nɛ fùrnisê pà sɛlma-t un êspês dɛ port dɛ dêriôr a ma tat e a mo magazi, ki avô-t insi un atre e un sorti, mê-z akor il mɛ donê dɛ l'êspas pûr raje mê mɛbl. S'ɛ-t alor kɛ jɛ m'aplike a fabrike sê ki m'êtê lê plu nesesêr, e jɛ komase par un hôz e un tabl; sa sô dê komodite, jɛ nɛ pûvê jûir du pê dɛ dûser ki mɛ rôstê-t akor da la vi; par egzapl, jɛ nɛ pûvê-z ekrir a mo-n êz, ni maje-r avôk plezir sa-z un tabl.

Jɛ mi la mi a l'ɛvr, e jɛ nɛ pui m'apehe dɛ rɛmarke kɛ la rêzo ê lɛ prisip e l'orijin dê matematik. Jɛ n'avê manie dɛ mê jûr ôku-n ûti, e sepada par mo travał, par mo-n aplikàsio, par mo-n idustri, jɛ trûve a la fi k'il n'i avê-t ôkun dê hôz ki mɛ makô kɛ jɛ n'us pu fêr si j'avê-z u lê-z ûti nesesêr; sa-z ûti mêm, jɛ fi pluziɛr-z ûvraj; e, avôk lɛ sɛkûr d'un-ɛ ah e d'u rabô sɛlma, jɛ vi-z a bû dɛ kôlkɛ-z u, sɛ ki n'êtê pɛ-t êtr-ɛ jamè-z arive ôparava; mô sɛ nɛ fu pà sa-z u travał ifini. Si, par egzapl, jɛ vûlê-z avûar un plah, jɛ n'avê d'ôtr-ɛ mûayi kɛ sɛlui dɛ kûpe-r u-n arbr, dɛ lɛ tàle dê dê kòte jusk'a lɛ radr sufizama mis, e dɛ l'aplanir asuit avôk u rabô. Il ô bii vrê kɛ, paɩ sɛt metod, je ne pùvɛ̀ fɛ̀r k'un plah d'ụ-n arbr atie, mɛ̀-z il n'i avɛ̂ d'òtr-ɛ remɛ̂d kɛ la pasiạs.

Je me fi neạmùị un hɛ̂z e un tabl. S'ɛ̂ par la kɛ je komạse, e , pûr i reusir, je mɛ sɛ̂rvi dɛ morsò dɛ plah kɛ j'avɛ̂-z amne sur mọ radô. Kạ j'u fɛ̀ dò plah, je fabrike dɛ grạd tablɛ̂t dɛ la larjer d'ụ pie e demi, kɛ je plase l'un ò desu dɛ l'òtr, tù le lọ d'ụ kôte dɛ ma kavɛ̂rn, pûr i mɛ̂tr mɛ̂-z ùti, mɛ̂ klù, ma feràl, a-n ụ mò, pûr arạje separemạ tùt sɛ̂ hòz, e lɛ̂ pùvùar trùve-r ezemạ. J'ạfọse parɛ̀lmạ dɛ̂ hevil dạ le rohe pùr fikse mɛ̂ fuzi e divɛ̀r-z ustạsil ki pùvɛ̀-t ɛ̂tr suspạdu. Kikọk orɛ̀ vu ma kavɛ̂rn l'orɛ̀ priz pùr ụ magazị jeneral de tùt lɛ̂ hôz nesesɛ̂r.

Vɛ̀r la fị du mûå dɛ desạbr, je tue ụ hevrò e j'ạ blese ụ-n òtr ke je fini par atrape, e ke j'amne ạ lɛ̂s ò loji; dɛ̂ ke je fu-z arive, je lui rakomode la jạb e la lui bạde. J'ạ pri-z ụ tɛ̂l sùị k'il surveku e devị biịtô-t òsi for de sɛ̀t jạb la kɛ dɛ l'òtr. Aprɛ̀ l'avùar garde lọtạ, il s'aprivùaza avɛ̂k mùa, e il pɛ̀sɛ̀ sur la vɛ̂rdur ki ɛ̂tɛ̀ dạ mo-n ạklò, sạ jamɛ̀ prạdr-ɛ la fuit. S'ɛ̂-t alor ke me vị la premiɛ̀r pạse d'ạtretenir dɛ̀-z animò prive, afị d'avùar de kùa me nùrir kạ-t un fùa ma pùdr e mọ plọ serɛ̀ kọsome.

Je trùve un ɛ̂spɛ̂s de pijọ fuyar ki ne nih pùị sur lɛ̂-z arbr, kom fọ lɛ̀ ramie, mɛ̀ biị dạ lɛ̂ trù de rohe, a la maniɛ̀r de sɛ̂ de kolọbie. Je pri kɛ̂lke-z ụ de ler peti, a desị de lɛ̂ nùrir e de lɛ̂-z aprivùaze. J'ạ vị-z a bù; mɛ̂, devnu grạ, il s'ạvolɛ̂r tùs e ne revịr plu, a kòz pe-t ɛ̀tr du defò de nùritur, kar je n'avɛ̀ pà de kùa ler rạplir le jabò. Sɛpạdạ je trùvɛ̂-z ezemạ ler ni, e je prɛnɛ̀ ler peti, ki ɛ̂tɛ̂ dɛ̂ morsò delika.

Neạmùị je m'apɛ̂rsevɛ̀, dạ l'administrâsiọ de mọ menaj, k'il me mạkɛ̀ biị dɛ̂ hôz; je kru-z ò komạsmạ k'il me serɛ̀-t iposibl de reusir a lɛ̂ fabrike; se ki fu vrɛ̀ de kɛ̂lke-z ụ; par egzạpl, je ne pu jamɛ̂ venir a bù d'aheve-r ụ tonọ e d'i mɛ̂tr-ɛ dɛ̀ sɛ̂rkl. J'avɛ̀ biị ụ-n û dɛ̂ peti bari, mɛ̂ je n'u pùị-t ase d'adrɛ̀s pûr ạ kọstruir sur sɛ̀ modɛ̀l; malgre tù mɛ̀-z efor pạdạ pluzier semɛ̂n, il me fu-t iposibl d'i mɛ̂tr lɛ̂ fọ û de jûịdr ase biị lɛ̀ dùv pùr i fɛ̀r tenir de l'ò; j'abạdone afị se projɛ̀.

Un ôtr hôz me makô, s'êtê de la hadêl, e il m'êtê bii-n ikomod de m'a pâse ; kar je me vûayô forse de me kûhe dê k'il fezê nui, se ki arivê-t ordinêrma-t a sêt er. Sela me fi sûvnir de la mas de sir do je fi dê hadêl lor de mo-n avatur d'Afrik ; mê je n'a-n avê pà-z alor u sel peti morsô. L'unik mûayi do je pu m'avize pûr pare-r a sêt ikove-nia, fu ke, ka j'avê tue u bûk, j'a kosêrvê la grês ; asuit je fi sehe-r ô solêl u peti pla de têr ke je m'êtê fasone ; pui prena du fil de karê pûr sêrvir de mêh, je trûve le mûayi de fêr un lap do la flâm n'êtê pâ si luminêz ke sêl de la hadêl, e repadê-t un luer sobr.

Ô miliê de tû sê travô, il m'ariva de trûve-r, a fûla parmi mê mebl, u sak ki avê-t ete rapli de gri, da l'itasio de nûrir de la volàl, no pûr se vûayaj, mê pûr le preseda. Se ki rêstê de ble avê-t ete roje par lê ra, e je n'i vûayô plu ke de la bal e de la pûsiêr ; or, kom j'avê bezûi du sak pûr ôtr-e hôz, j'ale le vide, e a sekûe lê bal e lê rêst ô pie du rohe, a kôte de mê fortifikàsio.

Sela u liê pê de ta-z ava lê grad plui do je vii de parle, e je mi si pê d'atasio ka je jete sêt pûsiêr, k'ô bû d'u mûà û aviro, il ne m'a rêstê pâ le mûidr-e sûvnir, lorske j'apêrsu sa e la kêlk-e tij ki sortê de têr ; je lê pri d'abor pûr dê plat ke je ne konêsê pûi ; mê kêlk-e ta-z aprê je fu-z etone de vûar dis û dûz epi venu-z a maturite, ki êtê d'un orj vêrt, parfêtma bon, de la mêm êspês ke sêl d'Erop, e, ki plu-z ê, ôsi bêl k'êl l'orê pu êtr a-n Agletêr.

Aprê ke j'u vu krûatr de l'orj da-z u klimà ke je krûayê n'êtr-e nulma propr a la produksio du ble, igora la kôz de sêt evênma, je fu sezi d'etonma, e je me mi da l'êspri ke Diê avê fê krûatr se ble mirakulêzma, sa le kokûr d'ôkun semas, e k'il avê-t opere se proc.. unikma pûr me fêr supsiste da se dezêr.

Sêt ide m'atadri jusk'ô larm, e ma surpriz ogmata de plu-z a plus lorsk-e je vi d'ôtr-e tij nûvêl ki pûsê prê dê premiêr, tû le lo du rohe ; je lê rekonu pûr dê tij de ri, parse ke j'a-n avê vu krûatr a-n Afrik, lorske j'êtê-z a Fêz.

No selma je kru ke la Providas m'avûayê se preza ; mê, ne dûta pâ ke sa liberalite ne s'etadi-t akor plu lûi, je vizite tû le vûazinaj e tû lê kûi dê rohe ki m'êtê pûrta deja bii konu pûr hêrhe-r un plu grad katite de sè produksio mirakulêz ; mê je n'a trûve pâ d'òtr. Afi, je me raple ke j'avê sekûe a sêt adrûa u sak û il i avê-t u du gri pûr lê pûl, e le miràkl disparu. J'avû a ma ot ke ma piêz rekonêsas avêr Diê s'evanûi-t ôsitô ke j'u dekûvêr k'il n'i avê rii ke de naturêl da sêt evênma.

Je ne make pâ de rekelir sûagêzma se ble da la bon sêzo, ki êtê-t a la fi du mûâ de jui, e a sèra jusk'ò mûidr-e gri, je rezolu de seme tû se ke j'a-n avè, da l'êsperas k'avêk le ta j'a rekelrê-z ase pûr fèr du pi. Katr a se pàsèr-t ava ke j'a pûs gûte, akor a-n uzè-j sobrema. Selui ke je seme la premièr fûa fu prèske tû pêrdu pûr avûar mal pri mo ta a le sema da la sêzo sêh, se ki fu kòz k'il peri û du mûi il n'a vi ke trè pê.

Ùtr-e sêt orj, il i u-t akor un tratèn d'epi de ri, ke je kosêrve avêk le mêm sûi, e pùr u sablabl uzaj, avêk sêt diferas pûrta ke le dêrnie me sêrvê tatò de pi e tatò de mê ; kar j'avê trûve le sekrê de l'aprete sa le mêtr a pât.

Je travale asiduma, pada trûâ mûâ e demi, a bâtir ma murâl, e je la fèrme le katorz d'avril, aprè m'a-n êtr menaje l'atre ô mûayi de mo-n ehèl, ki me sêrvê-t a pàse par desu, e no d'un port, de per ke l'o ne remarka de lûi mo-n abitàsio. Le sèz avril, je fini mo-n ehêl avêk lakèl je motô sur mê palisad ; asuit je l'alve e la mi-z a têr a deda de l'aklò, ki êtê tèl k'il me le falè, kar il i avê-t u-n êspàs sufiza, e rii n'i pûvê-t atre k'a pàsa par desu la murâl.

Dê le ladmi ke sêt ûvràj fu-t ahve, je fali vûar ravêrse subitma tû mê travô e pêrdr mûa mêm la vi. Je travalè dêrièr ma tat, lorske tû-t a kû je vi la têr s'ebûle du ò de ma vût e de la sim du rohe ki padô sur ma têt. Dê dè pilie ke j'avê plase da ma kavêrn krakêr-t oriblema, e, n'a saha pûi-t akor la veritabl-e kòz, je kru ke s'êtê la hut d'un katite de materiò, kom sela êtê-t arive deja un fûa. De per d'êtr atere desû, je m'afui-z ò plu vit vêr mo-n ehêl, e ne m'i krûaya pà-z a surte, je pàse par desu ma murâl pûr m'elûage-r e me derobe-r a dê morsò-z atie du rohe, ke je krûayê-z a tû moma prê de fodr-e sur mûa. A pên avè-j le pie a têr de l'òtr-e kòte de ma palisad, ke je vi klêrma k'il i avê-t u-n epûvatabl trablema de têr. Trûâ fûa le tèri sur lekél j'èté trabla sû mé pie; atr-ε hak sεkûs, il i û-t u-n itèrval d'aviro ui minut, e lé trûà fur si violat, ke lé-z edifis lé plu solid-z e lé plu for a-n oré-t ete ravèrse. Tû le kôte d'u rohe, situe a aviro u demi mil de mûa, toba avèk u brui ki egalé selui du tonêr. L'Osea mèm me paru-t emu de se prodij, e je krûa ke lé sεkûs èté-t akor plu violat sû lé-z od ke da l'il.

Le mùvma de la tèr m'avè done dé nôze, kom oré fè selui d'u vésô batu par la tapèt si j'avè-z ete a mèr; je n'avé vu ni atadu dir rii de sablabl; l'etonma do j'èté sezi glasé mo sa da mé vèn, e ahèné-t a kélke faso tût lé puisas de mo-n âm. Mè le frakâ kôze par la hut du rohe vi frape mo-n orél e m'arahe de l'eta d'isasibilite û j'èté ploje pûr me raplir d'orrer e d'efrûa, a ne me lésa-t apêrsevûar ke dé-z objé téribl, atr'ôtr, un motaḡ tû prè de s'abime sur ma tat e d'asevlir sû sè ruin tût mé rihês.

Mè-z afi, vùaya ke lé trûà sεkûs n'èté suivi d'ôkun ôtr, je komase a repradr-e kûraj, sa-z ôze neamùi pàse par desu ma murál, de pεr d'êtr atere tû vif; je demere imobil, asi-z a têr.

Sepada l'êr s'opskursisé, e le siêl se kûvré de nuaj kom s'il alé plevûar; biitô-t aprè le va s'èlva pê a pê e devi si viola k'a mûi d'un demi er il i u-t u-n ûraga furié.

Vû-z orie vu la mèr blahi de so-n ekum, le rivaj inode par lé flô, lé-z arbr-z arahe du si de la tèr e tû lé ravaj de la plu-z afrêz tapêt. Èl dura prè de trûà-z er, pui diminua; le kalm se retabli-t ô bù de trûà-z ôtr-z er, e il komasa a plevûar abodama.

J'èté da la mèm situàsio de kor e d'èspri, ka tû-t a kû je fi reflèksio ke sé va-z e sèt plui eta-t un suit naturèl du trablema de tèr, il falé ke se dèrnie fu-t epuize, e ke je pûvê me azarde-r a retûrne da ma demer. Sè pase me ranimèr, e la plui eda-t akor a me pêrsuade, j'ale m'asùar da ma tat; mè j'i èté-z a pèn ke j'apreade de la vùar ravèrse par la violas de la plui, e je fu forse de me retire da ma kavêrn, kùak'a mêm ta je trablas de pεr k'èl ne s'ekrûla sur ma tèt.

Se deluj m'oblija de fèr ô travèr de mé fortifikâsio un èspés de kanal û de ruisô, afi de menaje-r u-n ekûlma-t ô-z ô, si no êl-z us-t inode ma kavêrn. Aprè-z êtr-e rèste a l'abri pada kélk-ε ta, je vi ke le trablema de têr êtê pâse. Je komase a rekûvre ma trakilite ; e, pûr sûtnir mo kûraj, ki a-n avê-t asurema gra bezûi, je m'a-n ale a l'adrûa û êtê mê petit provizio pûr me fortifie d'u trê de rom ; mê-z alor, kom a tût okàzio, j'a-n uze for sobrema, saha trê bii ke, ka mê bûtêl serê-t un fûa epuize, il n'i orê plu mûayi de lê raplir.

Il kotinua de plevûar tût la nui e un parti du ladmi, têlma k'il n'i u pâ mûayi de mêtr le pie deor ; mê kom je me posêdê bôkû miê, je komase a reflehir sur le meler parti ke j'avê-z a pradr ; je koklu ke, l'il eta sujêt a dê trablema, il ne falê-t apsoluma pâ fêr ma demer da-z un kavêr, mê k'ô kotrêr je devê soje-r a me bâtir un kaban da-z u liê dekûvêr û je me fortifirê d'un murâl têl ke la premiêr, pêrsuade ke si je rêstê da le mêm adrûa, il deviidrê-t ifaliblema mo tobô. Lê dê jûr suiva, je n'u l'êspri okupe d'ôtr-e hôz ke de l'adrûa ke je hûazirê pûr i trasfere ma demer.

La krit d'êtr atere tût vif fezê ke je ne dormê jamê trakilma ; sêl ke j'avê de kûhe or de ma forterês, da-z u liê tû-t ûvêr e sa defas, êtê prêsk'ôsi grad ; e ka je regardê-z ôtûr de mûa, lorsk-e je kosidêrê le bêl ordr û j'avê mi tût hôz, kobii j'êtê surma kahe, kobii j'avê pê a kridr lê-z atak, je satê la plu grad repuĝas a demenaje.

De plus, je me reprezatê ke je serê lota-z a fêr de nûvô-z ûvraj, e k'il me falê, malgre lê risk, rêste-r û j'êtê jusk'a se ke j'us forme un êspês de kapma e ke je l'us sufizama fortifie pûr i pradr mo lojma a tût surte ; de sêt maniêr je me mi l'êspri-t a repô pûr u ta, e je rezolu de travale-r isêsama-t a la kostruksio d'un murâl avêk dê palisad-z e dê kàbl, kom j'avê fê la premiêr fûa, de raferme mê travô da-z u plu peti sêrkl et d'atadr pûr deloje k'il fus fini-z e pêrfêksione.

S'ê le **21** ke se desi fu-t arete.

Le **22** avril, dê le mati, je soje ô mûayi de le mêtr a egzekusio ; mê je me trûve for-t a-n ariêr du kôte de mê-z ûti : j'avê trûâ bizegu e un multitud de ah, parseke nû-z a-n avio-z abarke un provizio pûr trafike-r avêk lê-z Idii ; mê sê-z istruma, a fors de harpate-r e de kûpe du bûâ dur e nûê, avê le fil tû-t emûse e datle ; e kûake je posedas un piêr a egize, je n'avê pâ sepada le sekrê de la fêr tûrne pûr a fêr uzaj. Sêt opstakl tûrmata bôkû mo-n êspri. A la fi, pûrta, j'ivate un

rû atahe a u kordo, par le mùayi du kêl je pus done-r u mûvma-t a
la piêr avêk mo pie, tadi ke j'orê lô dê mi libr. Je n'avô jamê vu un
têl ivasio a-n Agletêr, ù du mûi je n'avô pûi remarke koma-t êl êtê
pratike, kùak'êl i sùa for komun, a se ke j'e pu vùar depui. Ma piêr
êtê for grôs e for lùrd, e sêt mahin me kùta un semên atiêr de travai
pûr la radr-e parfêt.

Lê 28 e 29 avril, j'aplùaye sô dê jûr a egize mê-z ûti, la mahin
ke j'avê-z ivate pûr tùrne la piêr jùa-t a mêrvêl. Le 30, m'apêrseva
depui lota ke mo pi diminuê kosiderablema, j'a fi la revu, e je me
reduizi a u biskui par jûr, se ki êtê pûr mùa u veritabl krêvker.

Le 1ᵉʳ mê, a regarda le mati vêr la mêr, pada la mare bâs, je vi
kêlk-e hôz d'ase grô sur le rivaj, ki resablê-t a u tonô; ka je me fu-z
aprohe de l'objê, je rekonu k'u peti bari e dê-z û trùâ morsô de
debri du vêsô avê-t ete pùse-z a têr par le dêrnie-r ùraga. Je regarde
du kôte du vêsô e le vi-z u pê or de l'ô. J'egzamine le bari ki êtê sur
le rivâj, e je trùve ke s'êtê-t u bari de pùdr, mê k'il avê pri l'ô, e ke
la pùdr êtê kole e dur kom un piêr; neamùi, je le rùle plu-z ava
par prekôsio, afi de l'elùage de l'ô, e j'ale asuit ôsi prê du vêsô ke je
pùvê sur le sàbl.

Ka je fu proh, je trùve k'il avê-t etrajma haje sa situàsio; le hâtô
d'ava ki ôparava êtê-t atere da le sàbl, parêsê pûr lor êlve de plu de
si pie; la pùp miz a piês e separe du rêst par la tapêt, lorske j'u-z
ahve d'i fùle la dêrniêr fùa, sablê-t avùar ete balote, e se motrê tût
sur u kôte, êya deva-t êl dê mosô de sàbl si êlve, k'ô liê de ne
pùvùar aprohe kom ôparava ke d'u demi mil a la naj, il m'êtê-t eze
prezatma d'ale-r a pie jusk'ô desu ka le reflu venê-t a se retire. D'abor
je fu surpri d'un têl situàsio; mê biitô je pase k'êl avê-t ete kôze par
le trablema de têr. Par lê sekùs le vêsô s'êtê brize e atr'ùvêr bôkù plus
k'il ne l'êtê-t ôparava, e il venô tû lê jûr a têr katite de hôz ke la mêr
detahê e ke lê va-z e lê flô fezê rùle pê a pê juske sur la plaj.

Sesi me fi-t atiêrma-t abadone mo projê de haje d'abitàsio; e ma
prisipal afêr, se jûr la, fu d'eseye si je pùrê penetre da le vêsô; mê
je vi ke s'êtê-t un hôz ke je ne devê pùi-t êspere parse ke l'iterier du
bâtima êtê rapli de sàbl jusk'ô bor. Neamùi je rezolu de mêtr a piês

tû se kɛ je pûrɛ̀ dɛ̀ debri du bâtima , mɛ pɛ̀rsuada̱ kɛ tû se kɛ j'a̱ tirrɛ̀ me sɛ̀rvirɛ̀-t a kɛ̀lk'uzaj.

Lɛ trûà mɛ̀, jɛ mɛ mi-z a travale̱-r avɛ̀k ma si, e jɛ kûpe de par-t a̱ par u̱ morsɔ̀ de pûtr ki sûtnɛ̀-t un parti du dɛmi po̱; aprɛ̀ sɛla j'ekarte e j'ôte le plu de sâbl kɛ je pu du kòte le plu-z ɛ̂lve. La mare survi̱, e m'oblija de finir pùr sɛ jùr la.

Lɛ 4, j'ale a la pɛ̀h, mɛ̀ je n'atrape pâ-z u̱ sɛl pûaso̱ kɛ j'ôzas maje, sɛ ki mɛ degûta d'abor de sɛ pâs ta̱; e j'ɛ̂tɛ̀ sur lɛ pûi̱ d'i renose̱ lorske je pri-z u̱ peti dôfi̱. J'avɛ̀-z un gra̱d li̱g fɛ̀t de fil de kord, mɛ̀ je n'avɛ̀ pûi̱ d'amso̱; nea̱mûi̱ je prenɛ̀-z ôta̱ de pûaso̱ kɛ j'a̱ pûvɛ̀ ko̱some; tû l'aprɛ̀ kɛ j'i fɛzɛ̀, s'ɛ̂tɛ̀ de lɛ fɛ̀r sehe-r ò solɛ̀l.

Lɛ 5, j'ale travale̱ sur lɛ̀ debri; je kûpe un ôtr-ɛ pûtr, je tire du po̱ trûà gròs pla̱h de sapi̱ kɛ je lie a̱sa̱bl, e je lɛ̀ fi flote-r avɛ̀k la mare jusk'ò rivaj.

Lɛ 6, je travale̱ sur lɛ̀ debri d'ù j'a̱lve pluzier ferâḻ; sɛla mɛ kûta u̱ lo̱-k e penibl travaḻ. J'arive for lâ-z ò loji, e j'avɛ̀ kɛ̀lk'a̱vi de renose̱-r a sɛ̀ korve.

Lɛ 7 mɛ̀, jɛ retùrne ò debri sa̱-z avûar lɛ desi̱ d'i travale̱; mɛ̀ je trûve kɛ la karkas s'ɛ̀tɛ̀-t elarji e afese sù lɛ pûà de sa harj depui kɛ j'avɛ̀ kûpe lɛ̀ dɛ̀ pûtr; pluzier-z a̱drûa du bâtima̱ ɛ̂tɛ̀ detahe du rɛ̂st, e la kal tɛ̀lma̱-t a dekûver, kɛ je pûvɛ̀ vûar deda̱; ɛ̀l rɛgorjɛ̀ de sâbl e d'ò.

Lɛ 8, j'ale ò debri e porte avɛ̀k mûa u̱ levie de fɛ̀r da̱ l'i̱tasio̱ de dema̱tle lɛ po̱ ù il n'i avɛ̀-t alor ni ò ni sâbl; j'a̱lve dɛ̀ pla̱h kɛ je ko̱duizi a̱kor avɛ̀k la mare. Je lese lɛ levie sur la plas pûr le la̱dmi̱.

Lɛ 9, jɛ mɛ ra̱di-z ò debri; je penetre plu-z ava̱ da̱ lɛ kor du bâtima̱, je sa̱ti pluzier tonò kɛ je remue bi̱i̱, mɛ̀ je ne pu lɛ̀ defo̱se. Jɛ sa̱ti parɛ̀lma̱-t u̱ rùlò de plo̱ d'A̱gletɛ̀r, e je le sùlve; mɛ̀-z il ɛ̀tɛ̀ tro peza̱ pûr kɛ je pus l'a̱porte.

Les 10, 11, 12 e 14 mɛ̀, j'ale ò debri, e j'a̱ tire pluzier harpa̱t, no̱br-ɛ de pla̱h, e dɛ̀-z ù trûà sa̱ livr de fɛ̀r.

Lɛ 15 mɛ̀ j'a̱porte avɛ̀k mûa dɛ̀ ah pûr eseyer si je ne pûrɛ̀ pûi̱ kûpe-r u̱ morsò de plo̱ rùle a̱-n i aplika̱ lɛ tàla̱ de l'un kɛ je tâhrɛ̀ d'a̱fose-r a̱ frapa̱-t avɛ̀k la tɛ̂t de l'ôtr.

Le 16, il fi bòkû de va la nui, e la karkas du bâtima-t a paru-t akor plu frakase k'òparava; mè je demere si lota da lè bûà-z a hêrhe dè ni de pijo pùr ma kuizin, ke je me lese prevnir par la mare e èl m'apèha d'ale-r ò debri.

Le 17, j'apèrsu kêlke morsò de debri, ki avè-t ete aporte-z a têr a un distas de prè de dê mil. Je vûlu-z ale vûar se do-t il s'ajisè, il se trûva ke s'étè-t un piès de la pûp tro pezat pùr ke je la pus aporte.

Le 24, je travale sur lè debri jusk'a se jûr iklusivma, e a fors de jûe du levie pada tû sèt itèrval, j'ebrale si for la karkas, ke la premiêr mare fi flote pluzier tonò e dê kofr de matlò; mè kom le va sûflê de têr, rii ne vi-t ò rivaj se jûr la èksèpte dè morsò de bûà e u tonò pli de pork du Brezil ke l'ò sale e le sàbl avè-t atièrma gàte.

Je kotinue se traval jusk'ò 15 jui, sa pùrta rii pradr sur le ta neseser pùr hêrhe ma nûritur, e ke j'avè fikse a la òt mare, dura sê-z ale e venu, afi ke je pus êtr tûjûr prè pùr la mare bàs. J'avè-z isi amàse du meri, dê plah-z e du fèr a-n ase grad katite pùr kostruir u batò, si j'us su koma m'i pradr. J'avè-z akor alve, piès par piès, plu de sa livr de plo rûle.

Le 16 jui, a marha vèr la mêr, je trûve un tortu, la premiêr ke j'us vu da l'il. Si j'avè-z ete si lota sa dekûvrir òku de sê-z animò s'étè plutò par u-n êfè du azar k'a kòz de la ràrte de ler èspès, kar je trûve depui ke je n'orè-z u k'a ale de l'òtr kòte de l'il pùr a vûar dè milie hak jûr; pe-t êtr òsi sèt dekûvèrt m'orè-t èl kûte bii hêr.

Le 17 jui, j'aplûaye tû le jûr a aprete ma tortu; je trûve deda sûasant ê; e, kom depui mo-n arive da se trist-e sejùr, je n'avè gûte ke dè viad d'ûazò û de bûk, sa hèr me paru la plu savûrèz e la plu delikat du mod.

Le 18; il plu tû le jûr, e je rèste ò loji. La plui me sablê frûad, e je me satê glase, hòz ke je savè n'êtr pùi-t ordinèr da sèt latitud.

Le 19, je me trûve for mal, e je frisone kom s'il u fè-t u gra frûa.

Le 20, je ne pu pradr de repò pada tût la nui, e je resati-z un viv haler akopagé de grad dûler de tèt.

Le 21, je fu for mal, e j'eprûve un frèyer mortèl de me vûar malad, denue de tû sekûr umi.

28

Lε 22 , jε mε trûve miê ; mê lê krit téribl kε mε donê ma maladi
portê lε trûbl da mo-n âm.

Lε 23 , jε fu dε nûvô for mal, êya du friso, dê trablema e u viola
mal dε têt.

Lε 24 jε fu bôkû miê. Lε 25, jε fu tûrmate d'un fiêvr-ε violat ;
l'aksê dura sêt εr ; il fu mele dε frûa e dε hô, e sε têrmina par un
suεr ki m'afebli bôkû.

Lε 26, jε mε trûve miê, e, kom jε n'avê pûi dε vivr, jε pri mo fuzi
pûr a-n ale hêrhe. Jε mε satê-z êkstrêmma fêbl, neamûi jε tue un hêvr,
kε jε trene ô loji avêk bôkû dε difikulte ; j'a grile sur lê harbo kêlkε
morsô kε jε maje ; j'orê dezire a fêr bûlir pûr me prokure du bûlo ,
mê-z il falu m'a pàse fôt dε pô.

Lε 28 jui , mε sata-t u pê sûlaje par lε somêl, e l'aksê-z eta tû-t a
fê pâse, jε mε leve, e da la krit kε lε mal nε revi lε jûr suiva, jε
profite dε sêt itêrval pûr repradr dê fors e prepare dê rafrêhisma-z
ôkêl jε pûrê-z avûar rekûr lorskε l'aksê reviidrê. La premiêr hôz kε jε
fi fu dε vêrse dε l'ô da-z un grad bûtêl kàre e dε la mêtr sur ma tabl
prê dε mo li, e pûr ôte la krudite dε l'ô, j'i ajûte aviro lε kar d'un
pit dε rom. J'ale kûpe-r u morsô dε viad dε bûk kε jε grile sur dê
harbo, mê jε n'a pu maje kε for pê. Jε sorti pûr me promne, mê jε
mε trûve fêbl, trist e lε kεr sere a la vu dε ma pitûayabl kodisio,
redûta pûr lε ladmi lε retûr dε mo mal. Lε sûar jε sûpe avêk trûà-z ê.

Afi la fiêvr sε disipa tû-t a fê.

Il i avê prê dε di mûà kε j'êtê da sε trist-ε sejûr ; tût posibilite d'a
sortir sablê m'êtr ôte pûr tûjûr, e jε krûayê fêrmema kε jamê kreatur
umên n'avê mi lε pie da sε liê sôvaj. Ma demεr sε trûvê, selo mûa,
sufizama fortifie ; j'avê-z u gra dezir dε fêr un rekonêsas plu koplêt
dε l'il , e dε vûar si jε nε pûrê pûi dekûvrir dê produksio ki m'orê-t
ehape juskε la.

Sε fu lε 15 juilêt kε jε komase a parkûrir mo-n il plu-z atativma
kε jε nε l'avê-z akor fê. J'ale d'abor a la petit bê û j'avê-z aborde
avêk mê radô. Jε marhe lε lo dε la riviêr, e ka j'u fê aviro dê mil a
mota, jε trûve kε la mare nε portê pà plu lûi, e k'il n'i avê plu la k'u
peti ruisô do l'ô êtê for dûs e trê bon. Kom s'êtê l'ete, a la sêzo sêh ,

il n'i avè prèske pûi d'ô a sèrti-z adrûa; du mûi n'a rèstè-t il pà-z ase
pûr fèr u kûra u pè kosiderabl e sasibl.

Sur lè bor de se ruisô je trûve pluzier prèri agreabl , uni e kûvèrt
d'un bèl vèrdur. A s'elûaga du ruisô, èl s'èlvè-t isasiblema. Da
lè-z adrûa û il n'i avè pà d'aparas k'èl fus jamè-z inode, s'è-t a dir
prè dè kotô ki lè bordè, je trûve un katite de taba vèr, e do la tij
ètè-t èkstrèmma òt. Il i avè pluzier-z òtr-e plat ke je ne konèsô pûi ,
do je n'avè jamè-z atadu parle , e ki pûvè-t avûar dè propriete ke je
ne konèsò pà davataj.

Je me mi-z a hèrhe de la kasav, rasin ki sèr de pi ô-z Ameriki da
tû sè klimà ; il me fu-t iposibl d'a dekûvrir. Je vi de bò pla d'aloès;
je n'a konèsò pà-z akor l'uzaj; je vi-z òsi pluzier kan a sukr, sòvaj
e iparfèt, fòt de kultur. Je m'a revi a reflehisa murma-t ô mûayi
par lèkèl je pûrè m'istruir de la vèrtu dè plat-z e dè frui ke je dekû-
vrirè-z a l'avnir; mê-z aprè m'a-n êtr-e bii okupe, je ne pri-z òku
parti ; kar , il fò-t a kovnir, j'avê-z ete si pè sûagè de fèr dè-z opsèr-
vâsio da-z u vûayaj ke j'avè fê-t ô Brezil , ke je ne konèsè gèr lè plat
de la kapag , û du mûi la konèsas ke j'a-n avè ne pûvè m'êtr d'u
gra sekûr da l'eta deplorabl û je me trûvè.

Le ladmi, 16 du mûà , je repri le mèm hemi , e m'eta-t avase u pè
plus ke je n'avè fò la vèl , je trûve ke le ruisô e lè prèri ne s'etadè
pà plu lûi , e ke la kapag komasè-t a ètr plu kûvèrt-e de bûà.

La je trûve pluzier sort-e de frui e partikulièrma dè melo ki kûvrè
la tèr, dè rèzi ki padè-t ô-z arbr, e do la grap riat e plèn ètè prêt
pûr la vadaj. Sèt dekûvèrt me kòza òta de surpriz ke de jûà.

Mè je vûlu modere mo-n apeti e profite d'un èksperias ki avè-t
ete funêst a d'òtr, kar je me sûvnè d'avûar vu mûrir a Barbari pluzier
de nò-z èsklav ki avè kotraktè la disatri a fors de maje dè rèzi. J'u
la prekôsio d'obvie-r a dè suit si dajrêz, e de prepare se frui d'un
manièr èkselat a l'èkspôza-t e le feza sehe-r ô solèl aprè l'avûar kèli ,
e je le garde kom o gard a-n Erop se k'o-n apèl dè rèzi sèk; je me
pèrsuade k'aprè l'òton se serè-t u maje òsi agreabl ke si , e mo-n
èsperas ne fu pûi desu.

Je pàse la tût la jùrne ; sur le tar, je ne juje pà-z a propô de m'a retûrne-r ô loji, e je me detèrmine, pûr la premiêr fûa de ma vi solitèr, a dekûhe. La nui eta venu, je hûazi u lojma tû sablabl a selui ki m'avè done retrèt lor de mo-n arive da l'il; se fu-t u-n arbr tûfu, sur lekèl je me plase komodema e m'adormi d'u profo somèl. Le ladmi ô mati je prosede a la kotinuàsio de ma dekûvèrt, a marha prè de katr-e mil, e juja de la logêr du hemi par sèl de la vale ke je parkûrè, j'ale drûa-t ô nor, lêsa dèriêr e a ma drûat un hên de motikul.

Ô bû de sèt marh, je me trûve da-z u pei dekûvèr, ki sablè porte sa pa-t a l'oksida; u peti ruisô d'ô frêh, sorta d'un kolin, dirijê so kûr a l'opôzit, s'ê-t a dir a l'oria; tût sèt kotre parèsê si tapere, si vèrt, si fleri, k'o l'orè priz pûr u jardi plate avèk ar, e il étê-t eze de vûar k'il i rèğè-t u prita pèrpetuèl.

Je desadi-z u pê sur la krûp de sèt vale delisiêz, e je fi-z asuit un stàsio pûr la kotaple-r a lûazir. D'abor l'admiràsio s'apara de mè sas; èl suspadi kêlke ta mê sûsi rojer pûr me fèr savûre le plezir sekrê de vûar ke tû se ke je kotaplê êtê mo bii; ke j'êtê le seğer e le rûa apsolu de sèt rejio, ke j'i avè-z u drûa de posêsio, e ke si j'avè dê-z eritie je pûrè le ler trasmètr. J'i vi-z un grad katite d'oraje, de limonie e de sitronie, tûs sòvaj, e do trè pê ne portê pâ de frui. Lè limo vèr ke je keli êtê no selma-t agreabl-z a maje, mê-z akor trè si; e da la suit, j'a mele le ju avèk de l'ô, ki a devnè par la plu rafrèhisat e plu salutèr.

Je me vûayê mitna-t asc d'ûvraj; il s'ajisè de kelir du frui e de le trasporte-r asuit da mo-n abitàsio, kar j'avè rezolu d'amâse-r un provizio de rêzi-z e de sitro pûr me sèrvir pada la sèzo pluviêz.

A sèt êfè, je fi trûà mosô do dê-z êtè de rêzi, e l'ôtr de limo e de sitro mele-z asabl. Je tire de haku un petit porsio pûr l'aporte, e je pri le hemi de la mêzo rezolu de revnir ô plutô, e de me munir d'u sak û de kêlk'ôtr ustasil ke je pûrè trûve pûr alve le rêst.

Aprè mo vûayaj de trûà jûr, je me radi ho mûa; mê-z ava ke d'i arive, mê rêzi s'êtè frûase e ekrâze, a kòz de ler grad maturite e de ler pezater, a sort-e k'il ne valè plu rii. Ka-t ô limo, il se trûvê trè bo, mê-z il n'i a-n avè k'u peti nobr.

Le jûr suiva, 19, je retûrne avèk dè peti sak ke j'avè fè pûr ale hèrhe ma rekolt; mê je fu supri de vûar mè rèzi, ke j'avè lese la vèl si apetisa e bii-n amosle, tû gàto, a morsò, trene e dispèrse sa e la : un parti a-n avè-t ete roje e devore. J'a koklu k'il se trùvè da le vûazinaj kêlke-z animò ki avè fè se degâ.

Afi, vûaya k'il n'i avè pâ mûayi de lê lese-r a mosò ni de lê-z aporte da-z u sak, parse ke d'u kòte il se serê prese-z e èksprime sû ler propr-e pûà, e ke de l'òtr se serè lè livre-r ò bèt sòvaj, je trùve un trûàziêm metod ki me reusi ; je keli-z un grad katite de rèzi, e lê suspadi-z ò bû dè brah dè-z arbr pûr lè sehe-r e lê kuir ò solêl ; ka-t ò limo e ò sitro, j'a-n aporte ò loji òta k'il a falè pûr plie sû ma harj.

Pada mo retûr de se peti vûayaj, je kotaplè-z avêk admiràsio la fekodite de sêt vale, lè harm de sa situàsio l'avataj k'il i avè de s'i vûar a l'abri dè-z oraj, du va de l'èst, dèrièr sê bûà-z e sê kotò, e je koklu ke l'adrûa-t û j'avè fikse mo-n abitàsio êtè sa kotredi, le mûi-z avatajê de tût l'il. Je pase dèlor-z a demenaje-r e a me hûazir, s'il êtê posibl, da se sejûr fèrtil e agreabl, un plas òsi fort ke sèl ke je meditê de kite.

J'u lota se projê-t a tèt, e la bòte du liê m'a fezè repêtr mo-n imajinàsio avèk plezir ; mê ka je vi-z a kosidere lê hòz de plu prè-z e a reflehir ke mo-n asièn demer êtè proh de la mèr, je trùve ke se vûazinaj pûrè done liê a kêlk'evènma favorabl pûr mûa, e bii k'il n'i u pâ bòkû d'aparas ke sêt evènma pu jamè m'arive, neamûi si je venè-z a me rafèrme da lè kolin-z e da lè bûà-z ò satr de l'il, se serè redûble mê-z atrav, e radr mo-n afrahisma no selma pê probabl, mê mêm iposibl. Je koklu dok ke je ne devê pûi haje de demer.

J'êtê pûrta devnu têlma pàsione pûr u si bêl adrûa, ke j'i pàse prêske tû le rêst de juilèt ; e kûak'aprè m'êtr-e ravize, j'us deside de ne pûi haje de domisil, je ne pu m'apehe de satisfèr a parti mo-n avi a-n i feza-t un petit meteri ò miliê d'un asit ase spasièz, kopòze d'un dûbl-e è bii palisade òsi òt ke je pûvè-z atidr, e tût rapli a deda de peti bûà. Je kûhê kêlke fûa dè-z û trûà nui kosekutiv da sêt segod forterès, pàsa-t e repàsa par desu la è a l'êd d'un ehèl, kom je fezè da la premièr. Dè lors je me regarde kom u-n om ki orè dè mèzo, l'un sur la kòt pûr vele-r ò komèrs e a l'arive dè vèsò, l'òtr a la kapag pùr fèr la mùaso e la vadaj. Lè-z ùvraj e le sejùr ke je fi da sèt dernièr me tir jusk'ò premiê-r ù.

Je venê de têrmine mê fortifikàsio, e je komasê-z a jûir de mê travò, ka lè plui vir m'a deloje e me hase da ma premièr abitàsio, d'ù je ne devê pà sortir de sitò, kar, kùake da la nùvêl je me fus fè-t un tat avèk un piès de vûal, e ke je l'us trè bii tadu, kom j'avê deja fè da l'asièn, je n'ètê pùrta pà-z ò pie d'u rohe ò e sa pat ki me sèrvi de bùlvar kotr-ɛ le grò ta, e je n'avè pà dèrièr mùa un kavèrn pùr me retire-r a kà de plui-z êkstraordinèr.

J'avê-z ahve ma meteri ò komasma d'ù, e dè se moma je komase a a gùte lè dùser. Ò trùàzièm jûr du mêm mùà je trùve lê rêzi ke j'avê suspadu parfètma sèk, bii kui-z ò solêl, a-n u mò, êksêla ; je komase dok a lè-z òte de desu lê-z arbr ; e je fi trè bii de pradr protma sèt prekòsio, òtrema lê plui ki survir lè-z orê-t atièrma gàte, e m'us fè pèrdr mê meler provizio d'ivêr. J'avè plu de dê sa grap, e il me falu du ta pùr lè depadr, lè trasporte he mùa, e lè sere da ma kavèrn. Je n'u pà plutò tèrmine sèt operàsio, ke lè plui komasêr, e durêr depui le katorzièm jûr d'ù jusk'a la mi oktobr ; il ê bii vrê k'êl diminuê kèlke fùa ; mè-z òsi êl-z ètè de ta-z a ta si violat, ke je ne pùvê sortir de ma kavèrn pada pluzier jûr.

Depui le 14 du mùà d'ù jusk'ò 26, il plu sa relàh, e tèlma ke je ne pu sortir de tù se ta la ; j'ètê devnu trè sûagê de me garatir de la plui. Dura sèt log retrèt, je komase a me trùve-r u pê kùr de vivr, e m'eta-t azarde dê fùa-z a sortir, je tue u bùk, e je trùve un tortu for gràs, ki fu pùr mùa u gra regal. Je regle mê repà de la manièr suivat : je majè-z un grap de rêzi pùr mo dejene, u morsò de bùk ù de tortu grile pùr mo dine ; kar, par maler, je n'avè-z òku vêsò propr a bùlir ù a etuve kùake se fu ; a sûpe, je me kotatê de dè-z ù trùà-z ê de tortu.

Pùr me distrèr, e fèr a mêm ta kèlke hòz d'util da sèt èspès de prizo ù me kofinè la plui, je travalè regulièrma dê-z ù trùà-z ɛr par jûr a agradir ma kavèrn e koduiza ma sap pê a pê vèr l'u dè fla du rohe, je parvi-z a le pèrse de par-t a par, e a m'etablir un atre e un sorti libr dèrièr mê fortifikàsio. Je kosu d'abor kèlk'ikietud de me vûar isi ėkspôze, kar dɛ la maniėr dǫ j'avė menaje lė hôz ôparavą, jɛ m'ėtė vu parfėtmą bįi fėrme, ò liė k'a prezą j'ėtė-z ą but ò premie-r agrėsser ki vįidrė m'atake. Il fò pûrtą-t avùe kɛ j'orė-z u pėu a justifie la krįt ki mɛ vį sur sėt artikl, e kɛ j'ėtė tro-p ijeniė-z a me tûrmąte, puisk-ɛ l'animal lɛ plu grò kɛ j'us ąkor vu dą l'il ėtė-t ų bûk.

Jɛ m'apėrsɛvė deja dɛ la regularite dė sėzǫ. Jɛ ne me lėsė plu sur-prądr ni par la plui, ni par la sehrės, e jɛ savė mɛ pûrvùar kǫtr-ɛ l'un e l'òtr. Mė-z avą d'akerir un tėl ėksperiąs, j'avė-z ete oblije d'ą fėr lė frė. J'e di plu ò kɛ j'avė kǫsėrve lɛ pê d'orj e dɛ ri ki avė pùse d'un maniėr inątądu, e ù je m'imajinė trùve du miràkl. Il pùvė bįi-n i avùar trąt epi dɛ ri e vį d'orj, e jɛ krùayė kɛ s'ėtė lɛ tą propr a sɛme sė grį, parsɛ kɛ lė plui etą pàse, lɛ solėl ėtė parvenu ò midi dɛ la liǧ.

D'aprė sɛ projė, jɛ kultive un piės de tėr lɛ miė k'il mɛ fu posibl, avėk un pėl dɛ bùà, e l'ėyą partaje ą dė, jɛ sɛme mǫ grį. Padą sėt operàsiǫ, il mɛ vį-t a la pąse kɛ jɛ ferė bįi dɛ ne pà tù-t aplùaye sėt premiėr fùa, parsɛ kɛ jɛ ne savė kėl sėzǫ ėtė plu propr pûr lė sɛmàl : jɛ riske dǫk ąvirǫ lė dė tiėr dɛ mǫ grį, rezėrvą-t a pê prė un pùaǧe de hak sort.

Jɛ me su bǫ gre dą la suit, dɛ m'i ėtr-ɛ pri avėk sėt prekôsiǫ ; dɛ tù se kɛ j'avė sɛme, il n'i ù pâ-z u sɛl grį ki vį-t a maturite, parsɛ k'ò mùà suivą, ki kǫpòzė la sėzǫ sėh, la tėr n'ėyą resu ôkun plui aprė-z avùar ete ąsemąse, ėl mąka dɛ l'umidite nesesėr pûr fėr jėrme lɛ grį, e ėl ne produizi rįi du tù jusk'ò retûr de la sėzǫ pluviėz ù il ne pùsa kɛ dɛ fėbl-ɛ tij ki deperir.

Vùayą kɛ ma premiėr sɛmąs ne krùasė pùį, e deviną-t ezemą k'il ne falė pà hėrhe d'òtr-ɛ kòz kɛ la sėhrės, jɛ prepare ų-n òtr-ɛ hą pùr fėr u-n òtr ėsė. Jɛ behe dǫk un piės dɛ tėr prė dɛ ma nùvėl meteri, e jɛ sɛme lɛ rėst-ɛ de mǫ grį a fevrie, u pê avą l'ekinoks du prįtą. Sėt sɛmąs ėyą-t ete umėkte durą lė dė mùà dɛ mârs e d'avril, pùsą for-t ɛrêzmą e fùrni la plu bėl rekolt kɛ jɛ pus atądr ; mė kom sėt segǫd sɛmàl n'ėtė plu k'u rėst-ɛ de la premiėr, n'ozą la riskɛ tût ątiėr, j'ą-n avė-z eparǧe pûr un trùàziėm : ėl ne dona k'un pɛtit mùasǫ ki pùvė mǫte-r a dė pikotį, l'u dɛ ri, l'òtr-ɛ d'orj.

L'èksperias ke je venè de fèr me radi trè-z abil sur se pûi ; j'apri le moma just û il falè seme pûr rekelir dè mûaso par a.

Pada ke mo ble krûasè, je fi-z un dekûvèrt do je su bii profite par la suit. Dè ke lê plui fur pàse e ke le ta devi bô, se ki ariva vèr le mùà de novabr, j'ale fèr u tûr a ma mèzo de kapag. Aprê-z un apsas de kèlke mùà, j'i trûve lê hôz da le mèm eta û je lê-z avê lese, e mèm a kèlke sort ameliore. La dûbl-e ê ke j'avê forme êtè no selma-t atiêr, mè-z akor lê piê ke j'avê fè-z avêk dè brah d'arbr kûpe da le vûazinaj avê tûs pûse e produi de log brah, kom orê pu fèr dè sôl, ki repûs generalma la premiêr ane, aprê k'o lê-z a elage depui le tro jusk'a la sim. Je ne sorê koma-t aple lê-z arbr do lê brah m'avê fûrni dê piê. J'êtê bii-n etone de vûar krûatr-e sê jên pla ; je lê tâle e lê kultive de faso k'il pus tûs venir a u mêm nivô, s'il êtê posibl. O ne sorê krûar kobii-n il prospêrêr, ni le bêl aspê k'il-z ur-t ô bû de trûà-z a : bii ke mo-n asit u-t aviro 25 vêrj de diamêtr, il la kûvrir biitô tû-t atiêr, e formêr-t afi u-n obraj si êpê, k'o-n orê pu loje desû dura tût la sêzo sêh, se ki me fi rezûdr a kûpe d'ôtr-e piê de la mêm èspês, e a a fèr un-e è a form de demi sêrkl pûr afèrme la muràl de ma premiêr demer ; e s'ê-t ôsi se ke j'egzekute ; êya plate u dûbl-e ra de sê piê, ki devnê dê-z arbr, a la distas d'aviro ui vêrj de mo-n asiên palisad, il krur for vit, sêrvir d'abor de kûvêrtur pûr mo-n abitàsio, e da la suit mêm de rapar e de defas.

Je trûve dê lor k'o pûvê-t a general divize lê sêzo de l'ane, no pâ-z a-n ete e a-n ivêr, kom o fê-t a-n Erop, mè-z a ta de plui e de sêhrês, ki, se sukseda-t altêrnativma l'u-n a l'ôtr, okup-t ordinêrma lê mùà de l'ane selo l'ordr-e suiva : la segod mûatie de fevrie, mârs, la premiêr mûatie d'avril, ta de plui, le solèl eta-t û da l'ekinoks û bii proh ; la segod mûatie d'avril, mê, jui, juilêt, la premiêr mûatie d'û, ta sêk, le solèl eta-t alor ô nor de la lig ; la segod mûatie d'û, sêptabr, la premiêr mûatie d'oktobr, ta de plui, le solèl eta retûrne ô vûazinaj de l'ekinoks ; la segod mûatie d'oktobr, novabr, desabr, javie, la premiêr mûatie de fevrie, ta sêk, le solèl eta-t ô sud de la lig.

Tèl êtè le kûr ordinêr dê sêzo, kûak'a la verite, il sûfri kèlke

hajma dε ta-z a ta, parsε kε la plui durέ plu-z ù mùi, selo la dirέksio
ù la violas dέ va ki sùflέ. J'avέ-z apri a mέ depa kobii lέ plui έtέ
kotrέr a la sate, e vùala pùrkùa je fezέ tùt mέ provizio d'avas, de
krit d'έtr oblije d'ale dεor pada lέ mùa pluviέ. Mέ-z il ne fò pâ
s'imajine kε je fus ùazif da ma retrέt; j'i trùvέ-z ase d'okupâsio, e
je makέ-z akor d'un ifinite de hòz do je nε pùvέ me pùrvùar kε par
u rud traval e un aplikàsio kotinuέl. Par egzapl, je vùlu fabrike-r u
panie, e je m'i pri de pluzier maniêr : lέ vêrj ke j'aplùaye d'abor pùr
sela έtέ si frajil, kε je n'a pu rii fέr. J'u liέ, da sέt kojoktur, de me
savùar bo gre de se k'eta-t akor peti garso, je m'έtέ fέ-t u plezir de
frekate la bùtik d'u vanie ki travalέ da la vil ù mo pêr fεzέ so domisil,
e de lui vùar fέr sέ-z ùvraj d'òzie. Sablabl a la plupar dέ-z afa, je
lui radέ de peti sέrvis; je remarkέ sùagêzma la maniêr do-t il travalέ;
je mέtέ kêlke fùa la mi a l'evr, e afi j'avέ-z aki un plέn konέsas
dέ prosede de so-n ar. Il ne me makέ plu kε dέ materiò, lorsk'il me
vi da l'êspri kε lέ petit brah de l'arbr sur lεkέl j'avέ kùpe lέ piέ ki
avέ pùse pùrέ bii-n êtr òsi flέksibl ke sέl du sòl ù de l'òzie, e je rezolu
de l'eseye.

Da se desi, je m'a-n ale le ladmi a ma mêzo de kapag, e êya kùpe
kêlke vêrj de l'arbr do je vii de parle, je lέ trùve òsi propr ke je le
pùvέ sùete pùr se ke je vùlέ fέr. Je retùrne dok biitò-t aprέ avέk un-ε
ah pùr kùpe-r un grad katite de sέ petit brah, se ke je n'u pùi de
pên a fέr, parse ke l'arbr ki lέ produi έtέ for komu da se kato. Je lέ
plase e lέ-z etadi da mo-n aklò pùr lέ sehe, e dέ k'il fur propr-z a
mêtr a-n evr, je lέ porte da ma kavêrn ù je m'okupe, pada la sέzo
suivat, a fέr de mo miέ u bo nobr de panie, sùa pùr trasporte de la
tέr ù òtr-ε hòz, sùa pùr sere du frui, sùa pùr d'òtr-z uzaj. Kùakε
je ne lέ fis pâ da la dέrniêr pέrfέksio, il-z έtέ-t ase propr a l'uzaj òkέl
je lέ dέstinέ. J'u sùi, depui se ta la, de ne m'a lese jamέ make; a
mezur ke lέ viέ deperisέ, j'a fezέ de nùvò. Je m'atahe surtù-t a travale
kêlke panie for-z e profo dέstine a rafέrme mo ble, ò liέ de le mêtr
da dέ sak ka viidrέ le ta d'un bon rekolt.

Ka je fu venu a bù de sέt difikulte, je mi-z a mùvma lέ resor de
mo-n imajinàsio pùr vùar s'il ne serέ pâ posibl de suplee-r ò bezùi

êkstrêm kɛ j'avê dɛ dê-z ôtr-ɛ hôz. D'abor, jɛ makê dɛ vêsô propr-z
a kotnir dê hôz likid, n'êya kɛ dê pɛti bari da lêkêl il i avê-t akor
aktuêlma bôkû dɛ rom e kêlkɛ bûtêl dɛ vêr mediokrɛma grad, lê-z
un kâre, lê-z ôtr-ɛ rod, ki kotnê dɛ l'ò dɛ vi û d'ôtr-ɛ liker. Jɛ nɛ
posêdê pâ sɛlma-t u pò pûr fêr kuir la mûidr-ɛ hôz, êksêptɛ un grôs
marmit kɛ j'avê sòve du vêsô, mê ki, a rêzo dɛ sa gradɛr, nɛ pûvê
sêrvir a fêr du bùlo û a etuve kêlkɛ fùa u morsò dɛ viad sɛl. La
sɛgod hôz kɛ j'orê bii vùlu avùar êtê-t un pip, sɛ ki mɛ paru-t iposibl
pada kêlkɛ ta; mê-z a la fi, jɛ parvi-z a m'a fabrike-r un ase grôsiêr,
ki mɛ fu trê-z agreabl.

Jɛ m'okupê tatò-t a platɛ mo sɛgo ra dɛ palisad, tatô-t a drese
dê-z ûvraj d'òzie, e j'alê-z isi vùar la fi dɛ mo-n ete, lorsk'un ôtr
afêr vi mɛ pradr un parti dɛ mo ta, ki m'êtê si presiê. J'avê-z u gra
dezir dɛ parkûrir tùt l'il; jɛ m'êtê-z avase jusk'a la sûrs du ruisò, e
dɛ la j'avê pùse jusk'ò liê û êtê situe ma meteri, e d'û rii nɛ s'opòzê-t
a la vu jusk'a l'ôtr-ɛ kòte dɛ l'il e ò rivaj dɛ la mêr. Jɛ vûlu travêrse
juskɛ la. Jɛ pri dok mo fuzi, un-ɛ ah e mo hii, un katitɛ plus k'ordinêr
dɛ plo e dɛ pûdr, e dê-z û trûâ grap dɛ rêzi kɛ jɛ mi da mo sak, e
jɛ parti. Ka j'u travêrse tùt la vale do j'e deja parle, jɛ dekûvri la
mêr a l'wêst; e kom il fezê-t u ta for klêr, jɛ vi distiktɛma la têr; jɛ
nɛ pûvê dir si s'êtê-t un il û u kotina; mê jɛ vùayê k'êl êtê trê-z
êlve, k'êl s'etadê də l'wêst a l'wêst sud wêst, e nɛ pûvê-t êtr elûage
dɛ mûi dɛ kinz liê.

Tù sɛ k'il m'êtê pêrmi dɛ savûar dɛ la situàsio dɛ sêt têr, s'ê k'êl
êtê da l'Amerik. Suiva tù lê kalkul kɛ j'avê pu fêr, êl dɛvê kofine-r
avêk lê pei-z êspagol. Il êtê-t posibl k'êl fu-t atiêrma-t abite par dê
sòvaj, ki, si j'i us aborde, m'orê sa dùt fê subir u sor plu dur kɛ
n'êtê lɛ mii. Jɛ mɛ radi ezema-t ò dispòzisio dɛ la Providas, kɛ jɛ
rekonêsê-z e krûayê devùar regle tù pùr lɛ miê. Sêt dekûvêrt nɛ porta
òkun atit a mo repò, e jɛ mɛ done bii dɛ gard dɛ mɛ tûrmate l'êspri
par dê sûê-z ipuisa.

A-n ûtr, ka j'u murma kosidere la hôz, jɛ trûve kɛ si sêt kòt fezê
parti dê kokêt-z êspagol, jɛ vêrê-z ifaliblɛma pàse-r e repàse dɛ ta-z
a ôtr kêlkɛ vêsô; kɛ si, ò kotrêr, jɛ n'a vùayê jamê u sɛl, il falê kɛ

sε fu la kòt ki separ la Nùvėl Ėspaᵹ du Brezil, e ki ė-t un retrėt de sòvaj dė plu kruėl, puisk'il so-t atropofaj, e k'il nε mak pûi̭ de masakre e de devore tù sė ki tob-t atr-e ler mi̭.

J'avasė-z a lùazir a feza sė reflėksio̭. Se kòte de l'il me paru tù difera du mii̭ : lė peizaj a-n ėtė bò, lė plėn vėrdùayat-z e emale de flεr, lė bùà ò-z e tùfu. Je vi katite de perokė, e je dezire vivma-t a-n atrape-r ṷ pùr l'aprivûaze-r e lui apradr a parle. Je me done bii̭ du .mùvma pùr sėt ėfė, e a la fi̭ j'a-n atrape ṷ jen ke j'abati d'ṷ kù de bàto̭ ; l'čya relve, je le mi da mo̭ si̭, e a fors de le sùaᵹe, il se remi, e se fortifia si bii̭ ke je l'aporte he mùa. Kėlke-z ane s'ekùlėr ava̭ ke je pus le fėr parle ; mė-z afi̭ je lui apri-z a m'aple par mo̭ no̭ d'un faso̭ tù-t a fė familiėr.

Se vùayaj me prokura bòkù de plezir ; je trùve da lė liė bà dė-z animò ke je prenė lė-z ṷ pùr dė lièvr, lė-z òtr pùr dė rεnar ; mė-z il-z avė kėlke hòz de bii̭ difera de tù sė ke j'avė vu jusk'alor ; e kùake j'a tuas pluzier, je ne sukombe pùrta̭ pà-z a la tatàsio̭ d'a maje.

A-n ėfė, j'orė-z u gra tor de kùrir kėlke risk par rapor-t ò-z alima̭, puiske j'a-n avė-z a katite e de trė bo̭, atr'òtr dė bùk, dė pijo̭ e dė tortu ; si l'o-n i ajùt mė rėzi̭, je defi tù lė marhe de Lidėn-àl de miė fùrnir un tabl ke je ne pùvė le fėr, a proporsio̭ dė ko̭viv.

Dura se vùayaj, je ne fezė jamė plu de dė mil ù aviro̭ par jùr, a pradr par le plu kùr, mė je le fezė-z avėk ta de tùr-z e de detùr, pùr vùar si je ne rako̭trerė pà kėlke hòz d'avatajė, ke j'ėtė-z ase fatige tùt lė fùa ke j'arivė-z ò liė ù je vùlė hùazir mo̭ jit pùr tùt la nui ; e alor je mo̭tė sur ṷ-n arbr, ù bii̭ je me lojė-z atr-ε dė, plata-t u ra de piė a hakṷ de mė kòte pùr me sėrvir de barikad, ù du mùi̭ pùr apehe ke lė bėt sòvaj ne pus venir sur mùa sa m'evele-r òparava̭.

Dė ke je fu-z arive ò bor de la mėr, mo-n admiràsio̭ ogma̭ta pùr se kòte de l'il, tù se ki se prezatė-t a ma vu me ko̭firma da l'opinio̭ ù j'ėtė deja ke le plu movė lò m'ėtė-t ehu a partaj. Le rivaj ke j'abitė ne m'avė fùrni ke trùà tortu a-n ṷ-n a e demi, ò liė ke selui si a-n ėtė kùvėr. Tù-t i abo̭dė-t a-n ùazò de pluzier sort, do̭ lė-z u m'ėtė konu, lė-z òtr-z i̭konu, la plupar trė bo̭ a maje. J'a-n orė pu tue-r òta̭ ke j'us vùlu, mė j'ėtė-z ekonom de ma pùdr e de mo̭ plo̭, e je sùėtė plutô de tue-r un hèvr s'il êtê posibl, parse k'il i avê bôkû plu-z a maje. Sepada kûake sêt parti de la kôt fu bii plu-z abodat a bûk ke sêl û j'abitê, il êtê neamûi bii plu difisil de lê-z aprohe, parse ke, se kato eta pla e uni, il pûvê m'apêrsevûar plu-z ezema ke lorske j'êtê sur lê rohe e sur lê kolin.

Kêlke harmat ke fu sêt kotre, je ne satê pûrta pâ le mûidr-e dezir de haje d'abitàsio; j'êtê-z akûtume a sêl û je m'êtê fikse dê le komasma; e da le moma mêm û j'admirê mê bêl dekûvèrt, il me sablê ke j'êtê-z-elûage de he mûa e da-z u pei etraje. Afi, je pri ma rût le lo de la kôt, tira-t a l'èst, e je krûa ke je parkûru bii dûz mil; alor je plate un grad pêrh sur le rivaj pûr me sêrvir de mark, e je pri le parti de m'a retûrne-r ô loji, a desida pûrta ke la premiêr fûa ke je me mêtrê-z a hemi pûr fêr u-n ôtr vûayaj, je pradrê-z a l'èst de mo domisil, e k'isi je ferê la mûatie du tûr de l'il ava d'arive-r a ma mark.

Je pri pûr m'a retûrne u-n ôtr-e hemi ke selui par û j'êtê venû, krûya ke je pûrê-z ezema-t avûar l'aspê de tût l'il, e ne pâ make-r a jeta la vu sa e la, de trûve mo-n asiên demer. Je me tropê neamûi da se rezonma, kar lorske je me fu-z avase l'èspâs de dê-z û trûâ mil da le pei, je me trûve ô miliê d'un vale spasiêz, avirone de kolin têlma kûvêrt-e de bûâ, k'il n'i avê-t ôku mûayi de devine mo hemi, a mûi ke se ne fu-t ô kûr du solêl, akor orê-t il falu ke je sus la pôzisio de sêt astr û l'er du jûr.

Il ariva pûr surkrûâ d'ifortun k'il fi-t u ta sobr dura trûâ-z û katr-e jûr ke je sejûrne da sêt vale; kom je ne pûvê vûar le solêl pada se ta la, j'u le deplezir d'i êtr êrra-t e vagabo, de me vûar afi oblije de gâge le bor de la mèr, û je hêrhe ma pêrh, e de repradr le hemi ke j'avê deja fê. Je m'a retûrne ô loji a petit jûrne, suporta-t e le pûâ de la haler ki êtê-t êksèsiv, e selui de mo fuzi, de mo fûrnima, de ma ah e d'ôtr-e provizio.

Mo hii, da sêt karavan, surpri-t u jen hevrô e le sezi; j'akûru d'abor e je fu-z ase dilija pûr sôve se peti-t animal de la gel du hii e le pradr a vi. Je sûêtê pàsionema de le trasporte-r ô loji s'il êtê posibl; sûva je m'êtê-z okupe, da mê reflêksio, de l'ide e dê mûayi de pradr u kûpl de sê jen-z animô e de lê nûrir pûr forme-r u trûpô

de bûk prive , lêkêl-z ô defô de ma pûdr e de mo plo , pûrê-t u jûr
subvenir a ma nûritur.

Je fi-z u kolie pûr sêt petit bêt , je le lui pàse ôtûr du kû , e , avêk
un kord ke j'i atahe , je le mene a ma suit ; se ne fu pâ sa pên ke je
m'a fi suivr jusk'a ma meteri ; ka j'i fu-z arive , je l'i rafèrme e le lese
la , kar il me tardê bii d'êtr de retûr , e de me vûar he mùa aprè-z u
mùà d'apsas.

O ne sorê krûar kêl satisfaksio se fu pùr mùa de revûar mo-n asii
fùaye , e de repôze mê mabr-e fatige da mo li suspadu. Le vùayaj ke
je venê de fêr , sa tenir de rùt sêrtên pada le jûr , sa-z avûar de retrêt
asure pùr la nui , m'avê si for làse sur la fi ke mo-n asiên mèzo me
paru-t u-n etablisma parfê ù rii ne makê. Tù se ki êtê-t ôtùr de mùa
m'ahatê , e je rezolu de ne plu m'elùage dezormê pùr u ta kosiderabl ,
ôsi lota ke ma dêstine me retiidrê da l'il. Je garde la mèzo pada-t un
semên pùr gûte lê dùser du repô e me refèr de mo lo vùayaj. Sepada-t
un afèr de grad iportas m'okupê seriêzma , s'êtê-t un kaj ke je fezê
pùr mo perokê. Il komasê-t a êtr de la famil , e nù nù konêsio deja
parfêtma lui e mùa. Asuit , je pase ô pòvr-e hevrô , ke j'avê rafèrme
da l'asit de ma meteri , e je trùve kovnabl de l'ale hèrhe ù du mùi
de lui porte-r a maje. Ka-t il u maje , je l'atahe kom la premiêr fùa e
l'amne. La fi k'il avê sùfèrt l'avê dopte e radu sùpl ô pùi k'il me
suivê kom u hii e ke j'orê pu me dispase de le tenir a l'atah. J'a pri-z
u sùi partikulie , ne sêsa de lui done-r a maje e de le karese tù lê
jûr. A pê de ta , il devi si familie , si karèsa , k'il ne vùlu jamê me
kite depui , e dê lor il fu-t admi ô nobr de mê-z ôtr domêstik.

Je fi ma rekolt a la fi de desabr , ki ê da se klimà l'ista propis pùr
la segod mùaso.

Ava de komase sêt korve , je ne savê koma suplee-r a un fòsil ,
istruma ki m'êtê-t apsoluma nesesêr pùr kûpe le ble. Je n'u d'ôtr-e
parti a pradr ke de m'a fabrike-r un du miê ke je pu avêk u dê sabr
ù kûtlà ke j'avê trùve parmi lê-z ôtr-z arm da le vêsô. Ma rekolt
êya-t ete pê de hòz , sêl si me kûta mùi de pên a rekelir. A glana la
pâl , je n'i hèrhe ke lê-z epi sêl , ke j'egrene asuit atr-e mê mi. La
mùaso ahve , le demi pikoti ke j'avê semo se trùva m'avùar produi

prè de dé bùasò e demi d'orj, du mùi-z òta ke je pùvè l'estime, puiske je n'avè-z òkun mezur.

Je pùvè bii dir alor, da-z u sas propr e literal, ke je travalè pùr ma vi. Mê-z un hòz etonat, e a lakêl je ne krùa pà ke bòkù de ja reflehis, se so lê preparatif k'il fò fêr, la pên k'il fò-t esuiye, lê form diferat k'il fò done-r a l'ùvraj, ava de pùvùar produir da sa pèrfèksio se k'on apèl u morsò de pi.

S'ò se ke je rekonu a mo gra domaj, mùa ki êtè redui-t a u-n eta, pùr isi dir, de pur natur, e hak jùr êdê-t a m'a kovikr de plu-z a plus, mòm aprê ke j'u rekeli le pê de ble ki avè kru d'un maniêr si êkstraordinêr e si inatadu, ò pie du rohe.

Premiêrma, je n'avè pùi de hàru pùr labùre la têr, pùi de bêh pùr la fùir. Il ê vrè ke j'i suplee a feza-t un pêl de bùà; mê-z òsi, da sêt ùvraj, rekonêsê-t o ezema l'inabilte de l'ùvrie. Kùak'êl m'u kùte pluzier jùr a fêr, kom êl n'êtè pùi garni de fêr òtùr, no selma-t êl s'uza plutò, mê-z akor je m'a sêrvi avêk plu de pên e mùi de suksê. Sepada je me rezigê-z a tù, e je suportê-z avêk un pasias inalterabl e la difikulte du traval, o le pê de suksê do-t il êtê suivi.

Aprê ke mo ble êtê-t seme, j'orê-z u bezùi d'un-e êrs; n'a-n êya pùi, je me vi-z oblije de pàse par desu la têr un gròs brah d'arbr, ke je trênê dèriêr mùa, e avêk lakêl je gratê, pùr isi dir, plutò ke je ne êrsê.

Ka mo gri êtê-t a-n êrb, a-n epi, ù parvenu a maturite, de kobii de hòz n'avê'j pà bezùi pùr l'afèrme da-z u-n aklò, a-n ekarte lê bêt fòv-z e lê-z ùazò, pùr le fòhe, le sehe, le vùature, le batr, le vane e le sere! Pui-z il me falê-t akor u mùli pùr mùdr, u tami pùr pàse la farin, du levi e du sêl pùr fêr fèrmate, u fùr pùr kuir mo pi. Vùala bii dê-z istruma d'u kòte, e de l'òtr bii dê-z ùvraj difera: je fere pùrta vùar ke tù sê la me makêr, e ke je ne make a òku de sê si. Mo ble m'egzêrsê bòkù, mê-z il m'êtê-t òsi d'u plu gra sekùr ke tù le rêst, e je le regardê kom le plu presiê de tù mê bii. Sepada ta de hòz-z a fêr, o ta d'òtr do j'avê-z u bezùi êkstrêm, m'òrê fê pêrdr pasias; sa la koviksio k'il n'i avê pùi de remêd; d'aler la pêrt de mo ta ne devê pà me tenir ò ker, parse ke, de la maniêr do je l'avê divizc, il i avè-t un sèrtèn parti du jùr afèkte a sè sort-ε d'ùvraj. Kom je ne vûlè-z aplùaye òkun porsio de mo ble a fèr du pi, jusk'a's ke j'a-n us un plu grad provizio, j'avè par devèr mùa si mùà pùr tàhe de me fùrnir, par mo-n idustri, tù lè-z ustasil propr-z a tire le meler parti dè gri ke je rekelrè.

Il me falè-t ôparava prepare-r u plu gra-t èspàs de tèr, parse ke j'avè deja ase de gri pùr asmase plu d'u-n°arpa. Je ne pùvè prepare la tèr sa me fèr un bèh ; s'èt òsi par û je komase, e il ne se pàsa pà mùi d'un semèn atièr ava ke je l'us ahve ; akor ètè-t èl gròsièr e iform, de sort ke mo-n ùvraj a devi-t un fùa plu penibl. Mè rii ne fu kapabl de me dekùraje ni de m'apehe de pàse-r ùtr. Afi j'ablave dê piès de tèr plat-z e uni, lè plu proh de ma mèzo ke je pu trùve, e lè-z atùre d'un bon-ε ê. Sèt klòtur êtè kopòze de pla de mêm èspès ke sè ki atùrè ma mèzo. Je savè k'il krùatrè protma, e ke, da-z u-n a, èl formerè-t un-ε ê viv ki n'egzijrè ke pê de reparàsio. Sèt ùvraj m'okupa dura trùà mùà, parse k'un parti de se ta êtè la sèzo pluviêz, ki ne me pêrmêtè de sortir ke ràrma.

Pada tù le ta ke j'êtè kofine da ma mèzo par la kotinuàsio dê plui, je m'okupe de la manièr ke je rakotre tùt a l'εr. A mêm ta ke je travalè, je ne lêsè pà de m'amuze-r a parle-r a mo perokè. Il apri-t a parle e a dir so no e so surno, ki êtè perokè migo ; e sê parol fur lè premièr ke j'us atadu pronose da l'il par un òtr-ε bùh ke la mièn. Se peti-t animal me servè de kopago da mo traval ; lè-z atretii ke j'avè-z avèk lui me delàsè sùva de mè-z okupàsio, ki êtè grav-z e iportat, kom vù l'ale vùar. Il i avè deja lola ke je sojè-z a par mùa si je ne pùrè pùi me fèr kêlke vèsò de tèr, parse ke j'a-n avè-z u bezùi êkstrêm ; mê j'igorè la metod k'il falè suivr pùr pùrvùar a se bezùi. Neamùi, ka je kosidèrè la haler du klimâ, je ne dùtè prèske pà ke si je reusisè selma-t a trùve de l'arjil kovnabl, je ne pus a forme-r u pô, lεkèl eta sehe ò solèl, serè-t ase dur e ase for pùr êtr manie, e pùr k'o pu-t i mètr dê hòz sêh de lεr natur e ki demadrè-t a êtr-ε tenu a l'abri de l'umidite. Kom je m'atadè-z a posede biitò-t un ase grad katite de ble, de farin e d'òtr-ε hòz, je me propòzè òsi de lè sere de la manièr ke je vii de dir ; a kosekas, je rezolu de me fasone kêlke pò, e de lè fèr òsi gra k'il me serè posibl, afi k'il pus se tenir fèrm kom dè jar, e k'il fus prè-z a resevùar lè diferat hòz ke je vùlè-z i plase.

Le lèkter orè pitie de mùa, ù plutò-t il s'a mokrè si je lui dizè de kobii de manièr bizar je m'i pri pùr dispòze ma matièr; kobii-n etraj fu la form done a mè-z ùvraj, ki tobèr par morsò, lè-z u a deda, lè-z òtr-z a deor, parse ke l'arjil n'ètè pà-z ase fèrm pùr sùtnir so propr-e pùà; kobii se fèlèr-t a la tro grad arder du solèl, pùr i avùar ete èkspòze presipitama; kobii-n afi se brizèr-t a lè haja de plas, sùa-t ava k'il fus sèk, sùa-t aprè k'il le fur; tèlma ke, ka je me fu done bii de la pèn pùr aprete ma matièr e la mètr a-n evr, je ne pu fèr plu de dè grad-z e vilèn mahin de tèr, ke je n'òzrè-z aple jar, e ki me kùtèr pùrta prè de dè mùà de traval.

Neamùi, kom sè dè vaz s'ètè bii kui-z e dursi ò solèl, je lè sùlve adrùatma e lè mi da dè gra panie d'òzie ke j'avè fè-z èksprè pùr lè-z apehe de se kàse; e kom il i avè du vid atr le pò e le panie, je le rapli avèk de la pàl de ri e d'orj, kota ke sè dè pò se tiidrè tùjùr sèk, ke j'i pùrè sere premièrma mo ble, e pe-t ètr òsi ma farin, aprè l'avùar mùlu.

Si j'avè mal reusi da la kobinèzo dè gra vaz, je parvi-z a a fèr gra nobr de peti, kom dè pò ro, dè pla, dè kruh, dè terin : l'arjil prenè sù ma mi tùt sort-e de figur, e èl resevè du solèl un durte surprenat.

Tù sela ne repodè pà-z akor a la fi ke je m'ètè propòze, ki ètè d'avùar u pò de tèr kapabl de rafèrme dè hòz likid, de sùfrir le fè, se ke je ne pùvè fèr d'òku dè-z ustasil do j'ètè deja pùrvu. Ò bù de kèlke ta, il ariva k'èya-t u bo fè pùr aprete mè viad, je dekùvri, a fùrgona da mo fùaye, u morsò de ma vèsèl de tèr, ki se trùvè parfètma kui, dur kom un pièr, e rùj kom un tuil. Je fu-z agreablema surpri, e je me di k'asurema mè pò pùrè trè bii kuir eta-t atie, puisk'il s'a kuizè dè morsò separe da-z un si grad pèrfèksio.

Sèt dekùvèrt fu kòz ke je me mi-z a kosidere koma je ferè pùr dispòze mo fè de manièr ke j'i pus kuir dè pò. Je n'avè-z òkun ide du jar de fùrnò do se sèrv lè potie, ni du vèrni do-t il-z aduiz ler vèsèl, ne saha pà ke le plo ke je posèdè-z ètè bo a sèt uzaj. Je plase a tù azar trùà grad kruh sur lèkèl je mi trùà pò, le tù-t a form de pil, avèk u

grò tâ de sadr desu. Je fi-z alatûr u fê de bùà ki flabè si bii-n ò kòte
e par desu, k'a pê de ta je vi mè vàz tû rùj de par-t a par, sa k'il a
paru-t òku de fele. Je lè lese da se degre de haler aviro sik ù si-z er,
jusk'a se ke j'a-n apèrsu u, ki n'ètè pà fadu a la verite, mè ki komasè-t
a fodr e a kùle; le gravie mele a l'arjil se likefiè par la violas du fê e
se serê tûrne a vèr si j'us kotinue. Je tapere mo bràzie par degre, jusk'a
se ke lè vàz komasas-t a pèrdr u pê de ler rùj, e je fu debù tùt la nui
pùr avùar l'el desu, de per ke le fê ne s'abati tro sùdènma, a la pùi-t
du jûr, je me vi-z arihi de trùà kruh ki ètè, je ne dire pà bèl, mè
trè bon, e de trùà-z òtr-e pò de tèr òsi bii kui ke je le pùvè sùète, e
do l'u avè resu u parfè vèrni par la fot du gravie.

Aprè sèt èksperias, je ne me lese plu make d'òku vàz de tèr ki
me pu-t êtr util; mè ler tûrnur ètè-t èkstrèmma diform, e l'o ne s'a-n
etonra pùi, si l'o kosidèr ke je n'avè-z òku sekùr, ni òkun metod
fiks pùr u tèl traval.

Un hòz si petit a-n èl mèm me kòza la plu grad jùà k'o-n è jamê
resati, ka je vi ke j'avè fè-t u pò ki sùfrè le fè. Et a pèn avè'j u la
pasias d'atadr ke mè vàz fus refrùadi ke j'a pòze u sur le fè, avèk de
l'ò deda pùr fèr bùlir de la viad, se ki me reusi parfètma bii; kar
u morsò de bùk ke j'avè mi da le pò me fi-t u bo bùlo, kùake je makas
dè-z òtr-z igredia nesesèr pùr le radr òsi parfètma bo ke je l'orè sùète.

La hòz ke je dezirè asuit avèk le plu d'arder, s'ètè de me pùrvùar
d'u morsò de pièr sur lekèl je pus pile-r ù batr-e du ble, kar, pùr se
ki è d'u mùli, s'è-t un mahin ki egzij ta d'ar k'il ne m'atra pà selma
da l'èspri d'i pùvùar atidr. J'ètè bii-n abarase pùr trùve koma je
suplèrè a un hòz d'u bezùi si idispasabl. A-n èfè, le metie de tàler de
pièr è de tùs selui pùr lekèl je me satè le mùi de tala, ùtr ke je n'avè-z
òku dè-z ùti k'o-n i aplùa. Je hèrhe pada pluzier jùr un pièr ki fu
gròs e ki u-t ase de diamètr pùr la pùvùar krèze e a fèr u mortie;
mè je n'a trùve òkun da l'il, èksèpte se ke rafèrmè le kor dè rohe, ù
fòt d'istruma, je ne pùvè ni krèze ni tàle, e d'ù, par koseka, je ne
pùvè rii tire. Ajùte ke lè rohe de l'il n'ètè pà d'un durte kovnabl, mè
d'un pièr ki, s'emièta-t ezema-t, n'orè par koseka pu sùfrir lè kù d'u
pilo peza, e ù le ble n'orè pu se brùaye sa k'il s'i mèla bòkù de

gravie. Aprè-z avùar pèrdu bòkù de ta pùr hèrhe-r un pièr, je dezès-
pere d'i reusir, e je pri le parti de hèrhe da lè forè kêlke grò bilò d'u
bùâ trê dur. S'ê se k'il me fu-t eze de trùve; e prena le plu grò ke je
fus kapabl de remue, je l'arodi e le fasone a deor avêk ma ah e ma
dolùar. Je le krêze avêk u traval ifini, et i aplika le fê, mùayi do se
sêrv lê sòvaj pùr fèr ler kanò, je fi-z asuit u grò pilo d'u bùâ k'o-n
apêl bùâ de fèr. Je mi-z a par sê-z ùti isi prepare, a-n atada ma segod
rekolt, aprê lakêl je me propòze de mùdr ù plutò de brùaye mo ble
pùr le reduir a farin e a fèr du pi.

Sêt difikulte surmote, la premièr ki se prezatê êtê de me fabrike-r
u tami pùr prepare ma farin e la separe du so, sino je ne vùayê pâ
de posibilite d'avùar du pi. La hòz êtê têlma difisil a-n êl mêm, ke je
n'avê prêske pâ le kùraj d'i pase. A-n êfê, j'êtê bii-n elùage d'avùar
lê hòz nesesêr pùr fèr u tami; kar il ne me falê pâ mùi k'u bo kanvâ
ù bii kêlk'òtr etof trasparat pùr pàse la farin. Je demere da l'inaksio e
da l'isêrtitud pada pluzier mùà. Tù se ki me rêstê de tùal n'êtê ke dê
genil. J'avê-z, a la verite, du pùal de bùk, mê je ne savê ni koma
le file, ni koma le travale-r ò metie; e ka mêm je l'orê su, il me
makê lê-z istruma nesesêr. Je me fatigê la têt a hèrhe kêlke mùayi de
remedie-r a sêt ikovenia, lorske je me raple afi k'il i avê parmi lê
vêtma de nò marinie, ke j'avê sòve du vêsò, kêlke kravat de tùal
de koto. J'i u rekùr, e a-n êfê, avêk kêlke morsò de sê kravat, je me
fi trùà peti sak, ase propr a l'uzaj òkêl je lê dêstinê.

Asuit venê la bùlajri do lê foksio devê s'etadr ta-t a petrir k'a kuir
ò fùr. Premièrma je n'avê pâ de levi, e je n'atrevùayê-z òkun posi-
bilite de me prokure-r un hòz de sêt natur; je rezolu dok de ne m'a
plu mêtr a pên, e d'a rejete jusk'a la mùidr pase. Ka-t ò fùr, mo-n
èspri êtê-t a traval pùr imajine lê mùayi de m'a fabrike-r u. A la fi,
je trùve un ivasio ki repodè-t ase-z a mo desi : Je fi kêlke vâz de têr
for larj, mê pê profo, s'ê-t a dir k'il pùvê-t avùar dê pie de diamêtr,
sur ne pùs ò plu de profoder. Je lê fi kuir ò fê, kom j'avê fê lê-z òtr,
e lê mi-z asuit a par. Ka je vùlê-z afùrne mo pi, je debutê par fèr u
gra fê sur mo fùaye, ki êtê pave de brik kàre, forme-z e plase a ma
faso; j'avù k'êl n'êtê pà-z ekari selo lê rêgl de la jeometri. J'atadê-z

asuit ke l'àtr fu-t èkstrêmma hò ; alor j'ekartè lè harbo-z e lè sadr a lè
balèya proprema , pui je pòzè ma pàt, ke je kùvrè d'abor du vàz de
tèr do-t o-n a vu la dèskripsio, e òtùr dukèl je ramàsè lè harbo-z avèk
lè sadr, pùr i kosatre la haler. Isi je kuizè mè pi d'orj tù-t òsi bii ke
da le meler fùr du mod ; e no kota de fèr le bùlaje, je trahè-z akor du
pàtisie, kar je me fi pluzier gàtò de ri. A la verite, je n'alè pà jusk'a
fèr dè pàte ; mè ka mêm je l'orè-z atrepri, je ne sah pà se ke j'orè pu
mêtr-ɛ deda, èksèpte de la hèr de bùk û d'ùazò du pei. L'un û l'òtr
orè fè trist-ɛ figur da-z u pàte, fòt dè-z asèzonma kovnabl.

O ne dùa pùi s'etone ka j'avas ke tùt sè hòz m'okupèr pada la plu
grad parti de la trùàziêm ane de mo sejùr da l'il, si l'o remark ke
j'aplùayè-z un parti de mo ta-z a vake-r a l'agrikultur e ò mùaso. A-n
èfè, je kùpe mo ble da la mêm sèzo ; je le trasporte ò loji du miè ke
je pù, e j'a kosèrve lè-z epi da mê gra panie, jusk'a se ke j'us le
lùazir de lè-z egrene-r atr mê mi, èkspedia-t òkèl j'ètò redui, puiske
je n'avè ni èr ni fleò pùr lè batr.

Mê-z a preza ke la katite de mê gri ogmatò, j'avè veritablema bezûi
d'elarjir ma graj pùr lè loje. Mê semâl-z avè-t ete d'u si gra rapor,
ke ma dèrnièr rekolt motè-t a vi bùasò d'orj, e tù-t ò mûi a un parèl
katite de ri. Dè lor je me vùayè-z a-n eta de vivr a diskresio mùa ki
fezè-z apstinas de pi depui si lota, s'è-t a dir depui ke je n'avè plu de
biskui. Je vùlu vùar òsi kèl katite de ble me sufirè pùr un ane, e si
je ne pùrè pà me kotate de fèr un sel semâl.

Tù bii kosidere, je trùve ke karat bùasò sufirè-t a ma kosomàsio
anuèl. Isi je rezolu de seme hak ane la mêm katite ke la premiêr fùa,
èspera k'èl me fùrnirè sufizama de pi.

Tadis ke sè hòz se pàsè, mè pase se reportè-t a la dekùvèrt ke j'avè
fèt de la tèr situe vi-z a vi de l'il, e je ne pùvè la vùar sa-z eprùve
kèlke dezir sekrè d'i aborde. Je kosidere ke le pei û je me vùayè ètè-t
inabite, ke selui òkèl j'aspirè fezè parti du kotina, e ke, de kèlke
natur k'il fu , je pùrè de la pàse plu lùi, e trùve le mùayi de m'afrahir
de mo-n eta mizerabl.

Da tù sè rèzonma, je ne tenè-z òku kot dè daje òkèl m'èkspòzè-t
un tèl atrepriz, selui partikulièrma de tobe-r atr-ɛ lè mi dè sòvaj, plu

kruèl ke lê tigr e lê lio d'Afrik, se serè-t u miràkl s'il ne me tuê pûr
me devore, kar je me sùvnè d'avûar atadu dir ke lè-z abita dê kôt dê
Karaib êtê-t atropofaj; e je savê, par la latitud, ke je ne pûvê-z êtr
trè-z elùage de se pei la. Supôze ke sê pepl ne fus pûi-t atropofaj, je
n'a kûrê pà mûi le daje d'êtr-e tue si je tobê-z atr-e ler mi. Puiske têl
avê-t ete le sor de pluzier-z Eropei ava mùa, kùak'il fus-t ò nobr de
dis, kêlke fùa mêm de vi pèrson, a plu fort rèzo devê'j kridr pûr
mùa, ki me vûayê sel e ikapabl, par koseka, de fèr un log defas.
Tùt sê hòz ke j'orê du kosidere murma, e ki, da la suit, me fir fèr
bii dê reflêksio, ne m'atrèr pà d'abor da l'êspri. J'êtê-z atièrma posede
du dezir de travèrse la mêr pûr pradr-e têr de l'òtr-e kôte.

Je me mi-z a egzamine s'il ne me serê pà posibl sa-z istruma e sa-z
êd, de me kostruir, avèk le tro d'u-n arbr, u kanò sablabl a sê ke fo
lê-z abita orijinèr de se pei, se ki me paru no selma pratikabl, mê-z
akor fasil, e l'ide sel d'u têl projè me rejùisê. D'u kòte, je ne fezê
nul atasio ò-z ikovenia partikulie ki viidrê-t a le travèrse : atr'òtr,
par egzapl, le defò de sekùr de ki ke se fu pùr remue mo kanò, ka-t
un fùa il serê-t ahve, e pûr le trasporte-r a la mèr, opstakl bôkû plu
difisil a surmote pûr mùa ke le mak de tù lê-z ûti ne l'êtê pûr sê
sôvaj. A kùa me sèrvirê-t il k'aprè-z avûar hûazi da lê bûà u-n arbr
d'un grôser sufizat, je pus l'abatr avèk u traval ifini, asuit le har-
pate-r ù le tàle-r a deda pûr le radr krê-z e koplê? Ke me sèrvirê tù
sela, s'il me falè-t a la fi le lese da l'adrèa-t ù je l'orê trûve, fòt de
le pûvûar lase-r a l'ò? L'arda dezir de pûvûar travèrse le bra de mêr
jusk'a la tèr fèrm ki parêsê de l'òtr-e kôte me kaptivê têlma, ke je
n'u pà d'abor le lûazir de soje-r ò mùayi de remue e de deplase le
batò ke j'alê kostruir. Il m'orê-t ete sa dùt plu-z eze de lui fèr frahir
l'êspàs de karat si mil sur mêr ke selui d'aviro karat si bras k'il i òrê
du liê ù il êtê sur têr, a selui ù il orê pu êtr a flò.

Je me mi-z a travale. Je komase par kûpe-r u sêdr. Je dùt ke le
Liba a-n ê jamè fùrni u parèl a Salomo lorsk'il bâtisê le tapl de Jeru-
zalêm. Le diamêtr de sèt arbr êtê par le bà de si pie di pûs; a kote
de la, il avê katr-e pie oz pûs sur un loger de vit dê pie; asuit il
alê-t a diminua jusk'ò brabaj. Se ne fu pà sa-z u traval immas ke j'abati

sêt arbr ; kar jɛ fu-z asidu, pada vi jûr, a lɛ ahe-r ò pie. Jɛ fu kiz
jûr dɛ plu-z a l'ebrahe, e a a tàle lɛ somé vast e spasié ; j'i aplûaye
ah-z e bizegu, tû sɛ kɛ l'ar du harpatie me pûvé fûrnir dɛ plu puisa,
tût la viger do j'êtò kapabl. Il me falu-t u mûà dɛ traval pùr lɛ fasone
e lɛ rabote, afi d'a fèr kélke hòz dɛ sablabl ò dò d'u batò, dɛ maniêr
k'il pu flote drûa. Jɛ nɛ mi gèr mûi dɛ trûà mûà a travale lɛ deda,
e a lɛ krêze jusk'ò pûi d'a fêr un halûp parfèt. Jɛ vi mêm a bû dɛ sɛ
dérnie pûi sa me sèrvir dɛ fê ni d'òku-n òtr mûayi kɛ sɛlui du martò
e du sizò, e a-n aplûaya-t un asiduite kɛ rii nɛ pu ralatir jusk'a sɛ
kɛ jɛ mɛ vi posêser d'u kanò for bò, ase gra pûr porte vit si-z om,
e par koseka, plus kɛ sufiza pùr mûa e tût ma kargêzo.

Ka j'u-z ahve sêt ùvraj, j'a resati un jûà êkstrêm. A la verite,
s'êtè lɛ plu gra kanò fè d'un sɛl piés kɛ j'us vu dɛ ma vi, mê-z òsi
jɛ lés a pase kobii dɛ rud kû j'avé-z ete oblije dɛ frape. La sɛl hòz
ki mɛ rêstê-t a fèr, s'êtè dɛ lɛ mêtr a mèr ; e, s'il m'u-t ete posibl
d'egzekute sɛ dèrnie pûi, jɛ nɛ fè nul dût kɛ jɛ n'us atrepri lɛ vûayaj
lɛ plu temerêr, e ù il n'i avê pà la mûidr aparas dɛ pûvûar reusir.

Tût lê mezur kɛ jɛ pri pûr lase sɛ kanò a l'ò avortèr aprè m'avûar
kûte u traval ifini. Il n'êtè pà sepada-t elûage dɛ la mèr dɛ plu dɛ dê
sa vêrj ; mè lɛ premie-r ikovenia ki sɛ prezatê, s'ê k'il i avê-t un
eminas sur lɛ hemi dɛ la bê. Sêt opstakl nɛ m'arêta pûi, jɛ rezolu dɛ
lɛ leve-r atièrma-t avêk la bêh e dɛ kûpe la òter a pat. Jɛ l'atrepri, e
jɛ nɛ sòrê dir kobii jɛ mɛ fatige ; il nɛ falò pà-z avûar a vu u trezor
mûi presié kɛ sɛlui dɛ la libèrte pûr mɛ sûtnir da-z un têl atrepriz.
Mê ka j'u-z aplani sêt difikulte, jɛ nɛ m'a vi pà plu-z avase, kar il
m'êtê-t iposibl dɛ remue lɛ kanò.

Alor jɛ mezure la loger du teri, e jɛ forme lɛ projê dɛ krêze-r u
basi û u kanal pûr fèr venir la mèr jusk'a mo kanò, puiske jɛ nɛ pùvè
fèr ale mo kanò jusk'a la mèr ; j'atrepri sêt ùvraj sa delè ; e dè lɛ
komasma, vena-t a kalkule kèl-z a devè-t êtr la profoder e la larjer,
e kêl serê ma metod pùr lɛ krêze, jɛ trûve k'avêk tût lê resûrs kɛ jɛ
pûvè-z avûar, e jɛ nɛ devè pà-z a-n ale hèrhe or dɛ mûa mêm, il
mɛ fòdrê bii di-z û dùz a dɛ pèn e dɛ traval ava dɛ l'avûar ahve. Lɛ
teri êtè si êlve, kɛ mo basi projete orê du êtr-e profo dɛ vi-t dê pie

pùr le mùi̱, da̱ l'a̱drùa le plu-z elùage de la mèr. Je me deziste a̱kor de se projè, kùake regrêta̱ bôkù de n'avùar pu le realize. J'eprùve u̱ vif hagri̱, e je sa̱ti, mè tro tar, kèl foli il i a d'a̱trepra̱dr u̱-n ùvraj ava̱ d'a̱-n avùar kalkule lê frè, e sa̱-z avùar peze avèk justês si lè difikulte ki se ra̱ko̱trero̱ da̱ l'egzekusio̱ ne sero̱ pâ-z ô desu de nô fors.

Ô miliê de sèt dèrnièr a̱trepriz, j'arive a la fi̱ de la katrièm ane de mo̱ sejùr da̱ l'il; e j'a̱ seℓebre l'anivèrsèr avèk la mèm fèrver e avèk ôta̱ de ko̱solâsio̱ ke je l'avê fè lê-z ane presedat. Je n'avê rii̱-n a ko̱vùate, parse ke je posèdè deja tùt lê hôz do̱ j'êtê-z aktuêlma̱ kapabl de jùir. J'êtê le seǧer du liê; je pùvê mêm, si bo̱ me sa̱blê, me done le titr de rùa, ù, si vù vùle, d'a̱prer de tù le pei, kar tù-t êtê sùmi-z a ma puisa̱s; partù j'êgzèrsê-z u̱-n a̱pir dèspotik : pùi̱ de rival, pùi̱ de ko̱petiter pùr me dispute le koma̱dma̱-t ù la sùvrênte. J'orê pu amàse dè magazi̱ de ble; mê-z il ne m'orê-t ete d'ôku̱-n uzaj; ôsi je n'a̱ fezê krùatr k'ôta̱ ke j'a̱-n avè bezùi̱; je pùvê-z avùar dê tortu-z a diskresio̱; mê-z il me sufizê d'a̱ pra̱dr un de ta̱-z a ta̱ pùr fùrnir abo̱dama̱-t a mo̱ nesesèr. J'avê-z ase de mèri̱ pùr ko̱struir un flot a̱tiêr, e, ka̱ ma flot orê-t ete ko̱struit, j'orê pu fèr d'ase-z abo̱da̱t va̱da̱j pùr la harje de vi̱ e de rèzi̱ sèk; mè lê hôz do̱ je pùvê fèr uzaj êtê lê sel ki us de la valer pùr mùa. Il ne me ma̱kê rii̱ de tù se ki êtê nesesèr pùr ma nùritur et mo̱-n a̱treti̱i̱; de kùa m'orê sèrvi le surplu? Si j'us tue plu de bùk ke je n'a̱ pùvê maje, il orê falu aba̱done le rêst ô vêr; si j'us seme plu de ble ke je n'a̱ pùvê ko̱some, il se serê gàte. Lê-z arbr ke j'avê-z abatu rêstê-t epar sur la tèr, kar je n'avê bezùi̱ de fê ke pùr ma kuizin.

A̱-n u̱ mô, la natur dè hôz e l'èksperia̱s mêm me ko̱vi̱kir, aprê de mur reflèksio̱, k'a̱ se mo̱d lê hôz ne so̱ bon, par rapor-t a nù, ke suiva̱ l'uzaj ke nù-z a̱ fezo̱, e ke nù n'a̱ jùiso̱ k'ôta̱ ke nù nù-z a̱ sèrvo̱, sôf neamùi̱ se ke l'o̱ pê-t amàse-r a̱ ta̱-z e liê pùr egzèrse la liberalite avèr lê-z ôtr. K'o̱ mêt a la plas ù j'êtê, par egza̱pl, l'arpago̱ le plu-z avid, je sùti̱i̱ k'il sera bii̱tô geri de so̱-n avaris. A̱-n êfè, j'avê du bii̱ par desu lê-z yê, e je ne savê k'a̱ fèr. Je ne pùvê rii̱ dezire de plus, èksèpte pe-t ètr kêlke bagatèl ki me ma̱kê, e ki neamùi̱ m'orê-t ete d'u̱ gra̱ sekùr. J'e fè ma̱sio̱ d'un som ta̱-t a̱-n or k'a̱-n arja̱, e ki

motè-t a pè prè a trat si livr stèrli. Kε sε sak d'èspès m'ètè-t inutil !
K'il atirè pê mo-n atasio ! S'ètè-t a mè-z yê kêlkε hòz de mûi presiè-z
akor kε la bû, e jε n'a fεzê pà plu de kà kε d'uzaj. Je me dizè
sûva-t a mûa mèm kε jε donrè volotie un pûage de sêt arja pûr kêlkε
pip û pûr u peti mûli. Kε di'j ? J'orè done lε tû pûr òta de sεmas de
karot k'o-n a-n a pûr si sû a-n Agletèr, e j'orè kru fèr u-n èksèla
marhe si j'avè pu haje sè-z èspès kotr un pûage de pûà e de fèv û
un bûtèl d'akr ; kar, da la kojoktur û je me trûvè, il nε m'a revnê
pà le mûidr avataj ni la mûi-lr-ε dûser. Èl rèstè da-z u tirûar, û l'umi-
dite dê sézo pluvièz lê rûlè. Lε tirûar u mèm ete rapli de diama, k'il
n'orè pà-z u plu de valer pûr mûa, nε pûva m'êtr d'òku sèrvis.

La premiêr hòz ki me maka fu le pi û plutò lε biskui kε j'avê-z
aporte du vèsò. Kûakε je l'us menaje avèk un èkstrèm frugalite,
puiskε jε nε m'a-n ètè-z akorde, pada l'èspàs d'u-n a, k'u peti morsò
par jûr, il me maka tù-t a fê u-n a ava kε jε pus fèr du pi avèk lε ble
kε j'avè seme.

Mè-z abi komasè-t òsi a tobe-r a labò. Il i avè lota kε jε n'avè plu
de lij, or kêlkε hemiz de tûal reye kε j'avè trûve da lè kofr dê matlò,
e kε jε kosèrvè-z avèk tû le sûi posibl, parse kε trê sûva la haler nε
me pèrmêtê pà de pûûar suporte d'òtr-ε vètma k'un hemiz. Se fu-t
u gra boner pûr mûa kε parmi lê-z abi dê matlò il s'a trûva trûà
dûzên. Je sòve òsi kêlkε surtû gròsie ; mè-z il me fur dε pê d'uzaj
parse k'il-z êtè tro hò.

Kûakε lê haler fus si violat kε jε n'avê-z òku bεzûi d'abi, sepada
jε nε pu jamê me rezûdr a ale nu, kûakε jε fus sel ; jε nε le vûlè pà,
jε n'a pûvè mèm suporte la pase.

D'aler la haler du solèl m'ètè plu-z isuportabl ka j'ètè nu kε lorskε
j'avè kêlkε-z abi sur mûa. La haler me kòzè sûva dê kloh sur tût la
pò, ò liê kε lorskε j'ètè-z a hemiz, l'èr, atra par desù, l'ajitê dε faso
kε jε me trûvè plu-z ò frò. Il mε fu-t egalma-t iposibl de m'akûtume-r
a m'èkspòze-r ò solèl sa-z avûar la tèt kûvèrt ; il dardè sê rèyo avèk
un tèl violas, kε, lorskε j'ètè sa hapò, jε rεsatè-z a l'ista de viola
mò de tèt, ki sèsê dê kε jε me kûvrè.

L'èksperias dε tût sε hòz mε fi sojε-r a aplûaye lê àlo kε j'avè, e se ke j'aplê dè-z abi, a u-n uzaj koform a ma pôzisio. Tùt mê vèst-z êta-t uze, je me mi-z a fèr un êspês de rob avèk lê grô surtù e kêlke-z ôtr materiô de sèt natur ke j'avê sôve du nofraj. J'egzèrse dok le metie de tâler, ù, pùr miê dir, de ravôder, e je vi-z a bù, aprê bii dê pên, de fèr dê-z ù trùâ vèst e dê kulot, ù plutô dê kalso, mê se traval ne fezê pâ-z oner a mo-n adrês.

J'o di ke j'avê kosèrve lê pô de tù lê kùadrupèd ke j'avê tue, mê, kom je lê-z avê-z etadu ô solêl, la plupar devir si sêh-z e si dur, ke je ne pu lê-z aplùaye-r a ôku-n uzaj. Ka-t a sêl do je pu me sèrvir, j'a fi d'abor u bonê, a tùrna le pùal a deor, afi de me mètr miê-z a kùvêr de la plui, e asuit je m'a fabrike u-n abi atie, je vê dir un larj-e vèst e dê kulot-z ùvèrt; kar mê-z abi devê me sèrvir plutô kotr la haler ke kotr le frùa. Ô rêst, si j'atadê-z ase pê le metie de harpatie, j'atadê-z akor mùi selui de tâler. Sê-z abi me sèrvir pùrta trê bii, kar la plui ne pùvê lê penetre.

Tù sê travô fini, j'aplùaye bôkù de ta-z e bii dê pên-z a fèr u parasol. J'a-n avê vu fèr da le Brezil ù il so d'u gra-t uzaj kotr lê haler-z êksêsiv. Le klimâ ke j'abitê eta tù-t ôsi hô ù mêm davataj, kar j'êtê plu prê de l'ckùater, e me trùva-t oblije sùva de sortir par la plui, je ne pùvê me pàse d'un ôsi grad komodite ke sêl la. Se traval me kùta ifinima; il se pàsa bii du ta ava ke je pus fèr kêlke hôz ki fu kapabl de me prezèrve de la plui e dê rêyo du solêl; akor se premie-r ùvraj ne pu-t il me satisfèr, ni mêm dê-z ù trùâ-z ôtr ke je fi-z asuit. Je pùvê bii lê-z etadr, mê je ne pùvê lê plie, ni lê porte-r ôtrema ke sur ma têt, se ki êtê tro-p abarasa. Afi pùrta je fi-z u parasol ki repodi-t a pê prê a mê bezùi, e je le kùvri de pô do le pùal êtê tùrne par a ô. J'i êtê-z a l'abri de la plui kom si j'us ete sù-z u-n ôva, e je marhê par lê haler lê plu brulat avêk plu d'agrema ke je ne fezê-z ôparava da lê jùr lê plu frê. Ka je n'a-n avê pâ bezùi, je le fèrmê e le portê sù mo bra.

Aprê-z avùar fini sê-z ùvraj, il ne m'ariva rii d'êkstraordinêr pada l'êspàs de sik a. Je kotinue le mêm jar de vi. Ma prisipal okupàsio, ùtr-e sêl de seme mo-n orj e mo ri, de sche e de suspadr mê rêzi, e d'alc-r a la has, fu, pada sê sik ane, de fèr u kanô. Je l'aheve, e a

krêza-t u kanal profo de si pie e larj de katr, jɛ l'amne da ma bɛ̀. Pûr
le premie, ki ɛ̀tɛ̀ d'un grader prodijiɛ̀z e kɛ j'avɛ̂ fɛ̀-t ikosiderema,
jɛ nɛ pu jamɛ̀ ni le mɛ̀tr a flò, ni fɛ̀r u kanal ase gra pùr i koduir l'ò
de la mɛ̀r. Jɛ fu-z oblije de le lese sur plas, kom s'il u du mɛ sɛ̀rvir
de leso e mɛ radr plu sirkospɛ̀kt a l'avnir. Mɛ̀ se movɛ̀ suksɛ̀ nɛ mɛ
rebuta pùi; jɛ profite de ma premiɛ̀r inadvɛ̀rtas, e kûakɛ l'arbr kɛ j'avɛ̀
kùpe pùr fɛ̀r se sego kanò fu-t a u demi mil de la mɛ̀r, k'il fu bii
difisil d'i amne l'ò de si lûi, sɛpada la hòz n'eta pùi-t ipratikabl, jɛ
nɛ dezɛ̀spero pà de la mɛ̀tr a egzekusio. J'i travale pada dɛ̀-z a sa-z
eparḡe ma pɛ̀n, ta j'ɛ̀spɛ̀rɛ̀ sortir afi de sɛ̀t il ki mɛ sɛ̀rvɛ̀ de prizo a
trûva le mûayi de navige de nùvò.

Mo pɛti kanò eta tɛ̀rmine, jɛ nɛ pu mɛ disimule kɛ sa grader nɛ
repodɛ̀ pùi-t ò desi kɛ j'avɛ̀ lorske jɛ komase a i travale, e ki ɛ̀tɛ̀ dɛ
azarde-r u vûayaj d'aviro karat mil pûr gâḡe la tɛ̀r fɛ̀rm. J'abadone
dok akor se projɛ̀, mɛ̂ jɛ rezolu-z ò mûi de fɛ̀r le tûr de l'il. Jɛ l'avɛ̀
deja travɛ̀rse par tɛ̀r e lɛ̂ dekûvɛ̀rt kɛ j'avɛ̀ fɛ̀t-z alor mɛ donɛ̂-t u
viola dezir de vûar lɛ̂-z òtr-ɛ parti dɛ̀ kòt de mo-n il.

Jɛ nɛ soje plu k'a sɛ vûayaj, e afi d'opere-r avɛ̀k plu de prekòsio
e de surte, j'ekipe mo kanò le miɛ̀ k'il mɛ fu posibl; j'i mi-z u mâ e
un vûal. J'a fi l'ɛ̀sɛ̀, e trûva k'il prenɛ̂ trɛ̂ bii le va, jɛ pratike dɛ̀
lɛ̀yɛ̀-t a sɛ̂ dɛ̀-z ɛ̀kstremite, afi d'i prezɛ̀rve mɛ̂ provizio e mɛ̀ munisio
de la plui e de l'ò de la mɛ̀r. Jɛ plate asuit mo parasol a la pûp, afi
de m'i prokure de l'obr.

Jɛ mɛ sɛ̀rvi de sɛ̀t abarkàsio pùr mɛ promne de ta-z a ta sur la mɛ̀r,
mɛ̀ sa m'ekarte jamɛ̀ de ma pɛtit bɛ̀. Afi, ipasia de vûar la sirkoferas
de mo rûayòm, jɛ rezolu d'a fɛ̀r atiɛ̀rma lɛ tûr, e j'avitàle pûr sɛ̀t
ɛ̀fɛ̀ mo batò. Jɛ pri dɛ̀ dûzɛ̀n de mɛ̂ pi d'orj, kɛ jɛ devrɛ̀ plutò-t aple
dɛ̀ gâtò, u pò de tɛ̀r pli de ri sɛ̀k, do jɛ fezɛ̀ bòkû d'uzaj, un pɛtit
bûtɛ̀l de rom, la mûatie d'un hɛ̀vr, de la pùdr e de la draje pùr a
tue d'òtr, afi dɛ̀ grò surtù do j'e parle, l'u pùr mɛ kùhe desu e l'òtr
pùr mɛ kùvrir pada la nui.

S'ɛ̀tɛ̀ le sis novabr e l'a sis de mo rɛ̀ḡ û de ma kaptivite, kɛ jɛ
m'abarke pùr se vûayaj, ki fu plu lo he jɛ nɛ m'ɛ̀tɛ̀-z atadu. L'il a-n
ɛl mɛ̂m n'ɛ̀tɛ̀ pà for larj, mɛ̀-z òl avɛ̀-t a l'ɛ̀st u gra ba de rohe ki

4.

s'etadè a dè lië ava da la mèr. Lè-z u s'êlvé-t ò desu de l'ò e lè-z òtr-z êtê kahe. Il i avè-t a-n ùtr, ò bù de sèt hên de rohe u ba de sàbl ki ètè-t a sèk e avasè da la mèr d'un demi lië, de têl sort-e ke, pûr dùble sèt pùit, j'ètè-z oblije de m'avase bòkù-p a mèr.

A la premièr vu de tùt sè difikulte, je renose d'abor a mo-n atrepriz, me fòda sur l'isèrtitud, sùa de la log rùt k'il me fòdrê fèr, sùa de la manièr do je pûrè revnir sur mè pà. Je revire mêm mo kanò, e je le mi-z a l'akr, kar je m'a-n èté fè-t un avèk un piès ropu d'u grapi ke j'avè sòve du vêsò.

Mo kanò a surte, je pri mo fuzi e je debarke; pui je mote sur un petit eminas, d'ù je dekùvri tùt l'etadu de sèt pùit; se ki me pèrmi de fèr dè-z opsèrvàsio d'aprè lèkèl je me deside a èfèktue mo vùayaj.

Je remarke u kùra rapid ki portè-t a l'èst e ki tùhê-t a la pùit de bii prè, e je l'etudie òta ke je pu, kar j'avè tù lië de kridr k'il ne fu dajrê, e ke, si j'i tobè, il ne me portà-t a plên mèr, d'ù il me serê difisil de regàge mo-n il. La verite è ke lè hòz serè-t arive kom je le di, si je n'us pri la prekòsio de mote sur sèt eminas, kar le mêm kùra règè de l'òtr kòte de l'il, avèk sèt diferas sepada k'il s'a-n ekartè-t ifinima plus. Je rekonu-z òsi k'il i avè-t un grad bàr ò rivaj, d'ù je koklu ke je frahirè-z ezema tùt sè difikulte si j'evitè le premie kùra, kar je me krùayè sur de pùvùar profite de sèt bàr.

Je kùhe dè nui sur sèt kolin, parse ke le va, ki sùflè-t ase for de l'èst sud èst, portè kotr le kùra e kòzè divèr brizma de mèr sur la pùit; il n'ètè dok pà sur pùr mùa, ni de me tenir tro prè du rivaj, de per d'ehùe, ni de m'avase tro-p a mèr, kar alor je riskè de tobe da le kùra.

Le trùàzièm jùr, le va eta tobe, e la mèr eta kalm, je rekomase mo vùayaj. Je n'u pà plutò-t ati la pùit ke je me trùve da-z un mèr trè profod e da-z u kùra òsi viola ke le pùrè-t êtr un ekluz de mùli. Je n'ètè pùrta-t elùage de la tèr ke de la loger de mo kanò. Le kùra l'aporta avèk un têl violas, k'il me fu-t iposibl de le mitnir prè du rivaj. Je me satè-z atrene lùi de la bàr ki ètè-t a gòh. Se gra kalm ki règè ne me lèsè rii-n espere dè va, e tùt ma manevr n'abùtisè-t a rii. Je me regardè kom u-n om mor, kar je savè ke l'il ètè-t atùre de dè kùra, e kɛ, par kosekạ, a la distạs dɛ kêlkɛ liê il dɛvê sɛ rɛjùidr. Jɛ me kru-z irevokablɛmạ pèrdu e sạ-z òkun êsperạs dɛ kosêrve ma vi, no kɛ jɛ kreḡis d'êtr-ɛ nûaye, la mèr êtê tro kalm, mê jɛ nɛ vûayê pà kɛ jɛ pus ehape-r a la fị. Tùt mê provizio nɛ kosistê k'a-n u pô dɛ tèr pli d'ô frêh e un grạd tortu, sɛ ki asuremạ nɛ pùvê mɛ sufir. Jɛ prɛvùayê kɛ sɛ kùrạ mɛ jêtrê ạ plên mèr, ù jɛ n'avê-z èsperạs dɛ rakotre, aprê-z u vûayaj pɛ-t ètr de plu dɛ mil liê, òku rivaj d'il û dɛ kotinạ.

Pèrson nɛ kosɛvra jamê lɛ dezèspùar ù j'êtê dɛ mɛ vùar ạporte lùi dɛ ma hèr il, dạ la òt mèr. J'ạ-n êtê-z alor elûaḡe dɛ dê liê, e jɛ n'avê plu d'èsperạs dɛ la rɛvùar. Jɛ travalɛ sɛpadạ-t avèk bôkû dɛ viger a dirije mọ kanô vèr lɛ nor òtạ k'il m'êtê posibl, s'ê-t a dir vèr lɛ kôte du kùrạ ù j'avê rɛmarke un bâr. Sur lɛ midi, jɛ kru sạtir un briz vɛnạ du sud èst; j'ạ-n eprùve kêlkɛ jûà, e èl s'ogmạta dɛ bôkû un demi ɛr aprè, lorsk'il s'êlva u vạ trê favorabl. J'êtê-z alor a un distạs prodijiêz dɛ mo-n il; a pên pùvê'j la dekùvrir, e si lɛ tạ u-t ete harjɛ s'ạ-n êtê fê dɛ mûa; j'avê-z ùblie mọ kopâ dɛ mèr, jɛ nɛ pùvê dok la reḡâḡe k'a l'êd dɛ ma vu. Mê lɛ tạ kotinuạ-t a rêste bò, jɛ mi-z a la vùal e porte vèr lɛ nor, ạ tàhạ dɛ sortir du kùrạ.

Jɛ n'u pà plutò deplûaye la vùal, kɛ j'apèrsu, par la lipidite dɛ l'ô, k'il alê-t arive kêlkɛ hajmạ-t ô kùrạ, kar, lorsk'il êtê dạ tùt sa fors, lê-z ò parêsê sal, e èl devnê klêr a mezur k'il diminuê. Jɛ rakotre, a u demi mil plu lùi, vèr l'èst, u brizmạ dɛ mèr kôzɛ par kêlkɛ rohe. Sê rohe partajê lɛ kùrạ-t a dê, la plu grạd parti s'ekùlê par lɛ sud lêsạ lê rohe ô nor-d èst, tạdis kɛ l'òtr, rɛpùse par lê-z ekɛl, portê-t avèk fors vèr lɛ nor-d wèst.

Il ê difisil dɛ kopradr l'aprèsmạ-t avèk lɛkèl jɛ mi-z a la vùal pùr profite du vạ favorabl, e du kùrạ dɛ la bâr dọ j'e parle.

J'êtê-z alor atr-ɛ dê kùrạ : l'u du kôte du sud, s'ê sɛlui ki m'avê-t ạtrene, e l'òtr du kôte du nor, ki ạ-n êtê-t elûaḡe dɛ la distạs d'un liê, e ki portê d'u-n òtr kôte. La mèr ù jɛ mɛ trùvê êtê-t ạtiêrmạ mort, sê-z ò-z imobil nɛ mɛ portê d'òku kôte; mê-z a l'êd dɛ la briz frêh ki sùflê vèr mo-n il, j'i fi vùal, e jɛ m'ạ-n aprohe, kûak'avêk plu dɛ later kɛ lorskɛ jɛ sêdê-z a la violạs du kùrạ.

Il pùvê-t ètr alor katr ɛr du sùar, e j'êtê-z akor elûaḡe d'un liê

de mo-n il, ka je dekûvri la pûit dè rohe. Il s'etadè-t ô sud, e kom
il-z i avè forme se tèribl-e kûra, il-z i avè-t ôsi fè-t un bar ki portè-t
ô nor. Èl ètè fort, e ne me koduizè pâ dirèktema vèr mo-n il, mê,
profita du va, je la travèrse le mûi-z oblikma ke je pu, e ô bû d'un
er, j'arive a u mil du bor; l'ô i ètè trakil; je ne tarde pâ-z a gâge le
rivaj.

Dè ke je fu-z aborde, me jeta-t a jenû, je remêrsie Diê de ma deli-
vras, e rezolu de ne plu kûrir lê mêm risk pûr me sôve. Je me rafrehi
du miê ke je pu; je mi mo kanô da-z u redui ke j'avè remarke sû lê-z
arbr, e là kom je l'ètè du traval e dè fatig de mo vûayaj, je fu biitô-t
adormi. A mo revêl, j'ètè for-t a pên de savûar koma je pûrê fèr arive
mo kanô da la bê, vûazin de ma mêzo; l'i koduir par mêr, s'ètê tro
riske; je konêsê lê daje k'il i avê du kôte de l'êst; je n'ôzê me azar-
de-r a pradr la rût de l'wêst; je rezolu dok de kotûaye le rivaj de
l'wêst, êspera rakotre kèlke bê pûr i mêtr mo kanô, afi de pûvûar
le retrûve-r a kâ de bezûi. Èfèktivma, j'a rakotre un aprè-z avûar
kotûaye l'êspâs d'un liê; èl me paru for bon, e alê se retresisa jusk'a
u peti ruisô ki s'i deharjê. J'i mi mo kanô, ne pûva sûéte de meler
âvr pûr sèt bêl fregat; o-n orê di k'il avê-t ete travale êksprê da
l'itasio de le resevûar.

Je m'okupe asuit a rekonêtr ù j'êtê, e je vi k'il n'i avê pâ lûi du
pûi ù je me trûvê a l'adrûa ù j'avê-z ete lorske je travêrsê mo-n il.
Isi, lêsa tût mê provizio da le kanô, or le fuzi e le parasol, kar il
fezê for hô, je me mi-z a hemi, kûake je fus trê fatige, je marhe
neamûi avêk ase de plezir, e j'arive sur le sûar a la viêl trêl ke j'avê
fèt ôtrefûa; tû-t i ètê da le mêm eta. Je l'e depui tûjûr kultive avêk
bôkû de sûi; s'ètê, kom je l'e di, ma mêzo de kapag.

Je sôte par desu la ê e me kûhe a l'obr, kar j'eprûvê-z un lâsitud
êkstrêm, e je m'adormi d'abor. Vû ki lize sêt istûar, juje kêl fu ma
surpriz de m'atadr evele par un vûâ ki m'aplê-t a divêrs repriz par
mo no : Robiso, Robiso, Robiso Kruzoe! pôvr-e Robiso Kruzoe, ù
ave vû-z ete? Robiso Kruzoe, ù êt vù? Robiso, Robiso Kruzoe, ù
ave vû-z ete?

Kom j'avê rame tû le mati e marhe tût l'aprè midi, j'ètê fatige ô pûi ke je ne m'evele pà-z atièrma. Je me satè-z asûpi, mûatie adormi e mûatie evele, e je krûayè soje ke kèlk'u me parlè. Sepada la vûâ kotinuè de repete : Robiso Kruzoe, Robiso Kruzoe! Je m'evele afi tû-t a fè, mê-z epûvate e da la dernièr kostèrnàsio. Je me rasure neamûi aprè-z avûar vu mo perokè pèrhe sur la è; je rekonu d'abor ke s'ètè lui ki m'avè-t aple, kar je l'avè-z istrui a pronose sè mò. Sûva-t il venè se repòze sur mo dûa, e aproha so bèk de mo vizaj, il se mêtè-t a krie : Pôvr-e Robiso Kruzoe, ù èt vû? ù ave vû-z ete? Koma èt vû venu isi? e òtr-e hôz sablabl.

J'u pûrta kèlke pèn a me remètr atièrma, kûake je fus sèrti ke pèrson ne pûvè m'avûar aple ke mo perokè. Koma, dizê'j, è-t il venu da sèt adrûa plutò ke da-z u-n òtr? Il n'i avè pûrta ke lui ki pu m'avûar parle. J'abadone mê refleksio, e l'aple par so no; l'emabl ûazò vi se repòze sur mo pùs, e di kom s'il u-t ete ravi de me revûar : Pôvr-e Robiso Kruzoe, ù ave vû-z ete? Je l'aporte asuit ô loji.

S'êtè-t avûar ase kûru sur mèr, e j'avè gra bezûi de me repòze e de reflehir sur lè daje ke j'avè kûru. J'orê-z ete ravi d'avûar mo kanô da la bè ki êtê prè de ma mèzo, mè je ne vûayê pà ke sela fu posibl. Je ne vûlu plu me azarde-r a fêr le tûr de l'il du kòte de l'èst. A sèt sel pase, mo ker se sèrè e mo sa se glasè da mè vèn. Pûr l'òtr-e kòte de l'il, je ne le konèsè pûi; mê j'avè tû liè de krûar ke le kûra do j'e parle i règè-t òsi bii ke vèr l'èst, e k'isi je kûrrè risk d'i êtr presipite, e d'êtr aporte bii lûi de mo-n il. Je me pàse dok de kanò, e me rezolu isi a pêrdr lè frui d'u traval de pluzier-z ane.

Aprè sèt isida, je mene plu d'u-n a un vi retire, kom o pê bii se l'imajine. Da sèt itèrval de ta, je me pèrfèksione bòkù da lè profèsio mekanik-z òkèl mè bezûi m'oblijè, e surtû je koklu, vu le mak û j'êtê de pluzier-z ûti, ke j'avè bòkù de dispòzisio tût partikulièr pûr la harpat.

Je devi-z a-n ûtr u-n èksèla potie. J'avê-z ivate un rû admirabl, ô mûayi de lakèl je donè-z a mè vàz, òparava d'un etraj gròsièrte, u tûr e un form trè komod. Je trûve òsi le mûayi de fèr un pip; sèt ivasio me kôza un jûà èkstraordinèr, e, si j'òz le dir, un si grad vanite, kɛ jɛ n'a-n e jamè rɛsati dɛ parèl da tût ma vi. Kûak'èl fu gròsièr, dɛ la mèm kûler e dɛ la mèm matièr kɛ mè-z òtr-z ustasil dɛ têr, sɛpada-t èl tirè la fume, e sufizè pûr mɛ prokure lɛ plezir dɛ fume.

J'avè sèt abitud, j'i tenè; mè, da la krûyas k'il nɛ sɛ trûvè pûi dɛ taba da l'il, jɛ nɛ m'ètè pà sûsie dɛ pradr avêk mûa lè pip ki êtè da lɛ vêsò.

Jɛ fi-z òsi dè progrè trè kosiderabl da la profèsio dɛ vanie; jɛ trûve mûayi dɛ fabrike pluzier korbèl ase mal tùrne, mê ki nɛ lésè pà dɛ m'êtr trè-z util. Èl-z êtè-t eze a porte, e propr-z a kotnir pluzier hôz e a a trasporte d'òtr. Si, par egzapl, jɛ tuê-z un hèvr, jɛ la suspadè-z a u-n arbr, jɛ l'ekorhê, l'akomodè, e la dekûpè, e jɛ l'aportê-z isi ò loji. J'a fezè dɛ mèm a l'egar dɛ la tortu; jɛ l'evatrê, jɛ prenê sè-z ê e kèlkɛ morsò dɛ sa hèr, kɛ j'aportè-z ò loji da-z un korbèl, lêsa lɛ surplu. Dɛ profod korbèl mɛ sêrvè dɛ grɛnie pûr mo ble, kɛ j'akomodè dê k'il êtè sèk.

Ma pûdr komasè-t a diminue; si èl venè-t a mɛ make, j'êtè tû-t a fè or d'eta d'i suplee. Sèt pase mɛ fi kridr pûr l'avnir. K'orè'j fè sa pûdr? Koma-t orè'j pu tue dê hèvr? Jɛ nûrisè-z, a la verite, un hevrèt depui lola; jɛ l'avê-z aprivûaze da l'èsperas kɛ j'atraprè pɛ-t êtr kêlke bùk; mè jɛ nɛ pu lɛ fêr kɛ lorske ma hevrèt fu devnu un vièl hêvr. Jɛ n'u jamê lɛ kûraj dɛ la tue, e jɛ la lese mûrir dɛ viêlês. Mê, eta da la ozièm ane dɛ ma residas, e mê provizio sɛ trûva for diminue, jɛ komase a soje-r ò mûayi d'avûar dê hèvr par adrês. Jɛ sûêtè for d'a-n atrape pluzier ki fus-t a vi, e s'il êtè posibl, d'avûar dê hevrèt ki portas.

Pûr sèt èfè, jɛ tadi dê filè, e kêlke-z un s'i prir; mê kom lɛ fil a-n êtè trè fèbl, èl s'ehapèr-t ezema. Jɛ trûvè tûjûr lê-z amors maje, mê filè ropu, e jɛ n'a pûvè fêr dɛ plu for, puiske jɛ makê dɛ fil d'arhal.

J'eseye dɛ lè pradr par lɛ mûayi d'u trebuhè. Jɛ fi dok pluzier fose da lê-z adrûa û èl-z avè kûtum d'ale pêtr; jɛ lê kûvri dɛ klè kɛ jɛ harje dɛ bôkû dɛ tèr, lê parsema d'epi dɛ ri e dɛ ble. Mê mo projè nɛ reusi pûi. Lè hèvr majè mo gri, s'afosè mêm da lɛ trebuhè, e pûrta èl trûvè mûayi d'a sortir. Jɛ m'avize afi dɛ tadr un nui trûâ trap:

j'ale lè vizite lε lạdmị matị, e jε trûve k'ѐl-z ѐtѐ-t ạkor tạdu , mѐ kε lѐ-z amors ạ-n avѐ-t ete arahe. Tù-t òtr-ε kε mùa se sεrѐ rεbute; mѐ-z ò koṭrѐr, jε travạle a pѐrfѐksione mѐ trap, e ạ-n alạ-t ụ matị pûr lѐ vizite, jε trûve dạ l'un ụ viѐ bûk d'un grạdεr ѐkstraordinѐr e dạ l'òtr trûà hεvrò, l'ụ màl e lѐ dѐ-z òtr fεmѐl.

Lε viѐ bûk ѐtѐ si farùh kε jε nε savѐ k'ạ fѐr : jε n'òzѐ ni ạtre dạ sọ trebuhѐ, ni par kọsekạ l'ạmne-r ạ vi, sε kε neạmûị j'orѐ sûѐte avѐk bòkû d'arder. Il m'orѐ-t ete fasil dε lε tue, mѐ sεla nε repọdѐ pûi-t a mѐ vu; jε lε degaje dọk e lε lese ạ plѐn liberte. Jε ne krùa pà k'o-n ѐ vu d'animal s'ạfuir avѐk plu dε freyεr. Il nε mε vị pà dạ l'ѐspri-t alor kε par la fị ọ pûvѐ-t aprivùaze mѐm lѐ liọ, kar òtrεmạ jε l'òrѐ lese dạ sọ trebuhѐ, e la, lε fεzạ jѐne padạ trùà-z ù katr-ε jùr, e lui aporṭạ-t ạsuit a bùar e ụ pѐ dε ble, jε l'orѐ-z aprivùaze avѐk la mѐm fasiliṭe kε lѐ trùà-z òtr hεvrò. Sѐ-z animò sọ for dosil pùr la pѐrson ki lѐ nùri.

Kạ-t ò hεvrò, jε lѐ tire dε lεr fòs ụ-n a ụ, e lѐ-z ataḥạ tù trùà-z a ụ mѐm kordọ, jε lѐ-z amne he mùa, nọ sạ bòkû dε difikulte. Il sε pàsa kѐlke tạ avạ k'il vûlus maje; mѐ-z afị, ṭate par lε bọ grị kε jε mѐtѐ devạ-t ѐ, il komạsѐr-t a maje e a s'aprivùaze. J'ѐspere pùvùar me nùrir dε la hѐr dε hѐvr, kạ mѐm la pûdr e la draje me mạkrѐ. Selọ tût lѐ-z aparạs, dizѐ'j, j'ore dạ la suit e òtûr dε ma mѐzọ, ụ trûpò a ma dispòzisiọ. Il mε vị-t a la pạse kε jε dεvrѐ-z ạfѐrme mѐ hεvrò dạ-z ụ sѐrtị-n ѐspàs dε terị kε j'ạtùrrѐ d'un-ε ѐ trѐ-z ѐpѐs, afị k'il nε pus sε sòve, e kε lѐ hѐvr sòvaj nε lѐ-z aprohas pà nọ plu, kar j'apreạdѐ kε par sε melaj il nε devịs sòvaj. Le projѐ ѐtѐ vast pùr ụ sel om, mѐ l'egzekusiọ ạ-n ѐtѐ d'un nesesite apsolu. Jε hѐrhe un piѐs dε tѐr propr ò pàturaj, ù il i u dε l'ò pùr lѐ-z abrεve e dε l'ọbr pûr lѐ garạtir dѐ halεr-z ѐkstraordinѐr du solѐl.

Sѐ ki ạtạd la maniѐr dε fѐr sѐt ѐspѐs d'ạklò me trѐtrọ sạ dût d'om pѐ ịvạtif, lorsk'il-z aprạdrọ kѐl-z arạjmạ jε fi aprѐ-z avùar trùve u liѐ tѐl kε jε lε dezirѐ : s'ѐtѐ-t un prѐri kε dѐ-z ù trùà pεti filѐ d'ò travѐrsѐ, e ki d'ụ kôte ѐtѐ tût ùvѐrt, e dε l'òtr abùtisѐ-t a dε grạ bùà ; il nε pûrọ, di'j, s'apehe dε rir dε ma grạd prevùayạs, kạ jε lεr dire kε, d'aprѐ mọ plạ, jε dεvѐ fѐr un-ε ѐ dε la loger dε dѐ mil ò mùị. Lε ridikul de se pla n'été pâ-z a se ke la é se trûvé disproporsione a l'aklò, mê de se ke, feza-t u-n aklô d'un si grad etadu, lê hêvr-z orè pu devnir sòvaj tû-t òta ke si je ler us done la liberte de kûrir da l'il, e d'aler je n'orè jamê pu lê-z atrape.

Ma è été deja avase d'aviro sa sikat pie lorske sèt pase me vi. Je haje dok mo pla, e je deside ke la larjer de mo-n aklò ne serê ke d'aviro trûà sa sûasat pie e sa loger a pê prè de si sa. Sèt êspâs êté-t ase-z etadu pùr k'u trûpò mediokr pû-t i vivr; s'il devnô trè nobrê, il m'êtê-t eze d'elarjir sèt aklò.

Kom se projè me parèsê bii-n imajine, j'i travale avêk bôkû de viger; e pada tû sèt itêrval, je fezè pètr mê hevrò òprè de mûa, avêk dê-z atrav-z ò jab, de krit k'il ne s'ehapas. Je ler donè sûva dê-z epi d'orj e kèlke pûaĝe de ri; il lê prenè da ma mi, e, de sèt maniêr, je lê-z aprivûaze têlma, ke lorske mo-n aklò fu têrmine e ke je lê-z u debarase de ler-z atrav, il me suivè partû pùr kèlke pûaĝe d'orj û de ri.

Da l'êspâs d'u-n a e demi, j'u-z u trûpò de dûz têt, ta bûk ke hèvr-z e hevrô. Dê-z a-z aprê, j'a-n u karat trûà, kûake j'a-n us tue pluzier pùr mo-n uzaj. Je travale asuit a fêr si nûvò-z aklô, mè plu peti ke le premie; j'i menaje pluzier peti park pùr i hase lê hêvr, afi de lê pradr plu komodema, e dè port pùr k'êl pus pàse d'u-n aklò da-z u-n òtr.

Se ne fu k'ase tar ke je soje a profite du lê de mê hêvr. La premiêr pase ki m'a vi me kòza u trê gra plezir, e, sa balase, je fi-z un lêtri. Mê hèvr me donè kèlke fûa uit a di pit de lê par jûr : je n'avè jamê trê ni vah ni hèvr.

Il n'i a pà de stoisii ki ne se fu divêrti de me vûar dine-r avêk tût ma famil. J'été le rûa e le seĝer de tût l'il; mêtr apsolu de tù mê sujê, j'avè sur è drûa de vi e de mor. Je pûvè lê prive de ler libêrte ù la ler radr. Pûi de rebêl da mê-z eta.

Je dinê, kom u rûa, a la vu de tût ma kûr : mo perokè, kom s'il u-t ete mo favori, avè sel la pêrmisio de me parle; mo hii, ki alor été devnu viê e hagri e ki n'avè pà d'animò de so-n êspès pùr multi-plie, été tûjûr-z asi a ma drûat. Mê dê ha été, l'u-n a u bû de la tabl

e l'òtr a l'òtr-e bû, atada ke, par un faver spesial, je ler donas kèlke
morsò de viad.

Je sûêtê bòkû d'avûar mo kanò prè de mo-n abitàsio ; mê je ne
pûvê me rezùdr a m'êkspòze-r a de nûvò azar. Kèlke fûa je sojê-z ò
mûayi de l'amne, a kotûaya juske da ma bê, e d'òtr-e fûa je me
kosolê de l'iposibilte de le fêr. Il me pri-t u jûr un si violat avi de me
porte-r a la pûit de l'il û j'avò deja ete e d'opsêrve de nûvò lò kòt,
a mota sur la petit kolin do j'e parle, ke je ne pu reziste-r a se dezir.
Je me mi dok a hemi.

Si da la provis d'York o rakotrò-t u-n om da l'ekipaj û j'êtò-z alor,
o s'epûvatrê-t û l'o rirò-t ò-z ekla.

. Je portô-z u hapò d'un-e òter efrûayabl, e sa form, fê de pò de
hêvr. J'i avê-z atahe par dêriêr la mûatie d'un pò de bûk, ki me
kûvrê tû le kû, afi de me prezêrve dê haler du solêl, e de per ke la
plui n'atra sû mê-z abi, kar da sê klimà rii n'ê plu dajrê.

J'avê-z un êspês de rob kûrt, de mêm ke mo hapò de pò de hêvr,
e do lê bor desadò jusk'ò desu de mê jenû. Mê kulot-z êtò-t ûvêrt, la
pò d'u viê bûk a-n avê fûrni l'etof. Le pûal êtê d'un loger si êkstraor-
dinêr k'il desadê, kom dê patalo, jusk'ò miliê de ma jamb. Je n'avê
ni bâ ni sûlie, mê je m'êtê fê pûr mê jab un pêr de je ne sê kûa ki
resablê neamûi-z ase a dê botin ; je lê-z atahê kom o fê pûr lê gêtr ;
êl-z êtê, de mêm ke tû mê-z òtr-z abi, d'un form etraj e bizar.

J'avê-z u situro de la mêm etof ke lê vêtma. Ò liê d'un epe û d'u
sàbr, je portò d'u kòte un si, e de l'òtr un-e ah. Je portê-z òsi u
bòdrie ki desadê de mo-n epòl drûat sû mo bra gòh, e a l'êkstremite
dukêl padê dê poh fêt de la mêm maniêr ke le rèsta : da l'un je mêtê
ma pûdr, e da l'òtr ma draje. Sur mo dò, je portò-z un korbêl, sur
l'epòl u fuzi, e sur ma têt u parasol ase gròsiêrma travale, mê ki,
aprê mo fuzi, êtê se do j'avê le plu bezûi.

Pûr mo vizaj, il n'êtê pà-z òsi àle k'o pûrê le krûar d'u-n om ki
n'a prenê-t òku sûi, e ki n'êtò-t elûage de la lig ke de uit a ne degre.
Ka-t a ma barb, je l'avê-z un fûa lese krûatr jusk'a la loger d'u kar
d'òn ; mê kom j'avê dê sizò e dê ràzûar, je la kûpê-z ordinêrma-t
ase prò. or sêl ki krûasê sur la lêvr superiêr. Je m'êtò fê-t u plezir

dε lui done la tûrnûr d'un mûstah a la maometan e tèl kε la portè lè
turk kε j'avè vu-z a Sale, kar lè Mor n'a-n o pûi. Jε nε dire pâ-z isi
kε mè mûstah ètè d'un tèl logεr kε j'orè pu i suspadr mo hapô, mè
j'òz bii-n asure k'èl-z ètè si log-z e si sigulièrma-t araje, k'a-n Agletèr
èl-z orè paru èfrûayabl.

Jε rεvii-z ò resi dε mo vûayaj : j'i aplùaye si-k ù si jûr, marha
d'abor lε lo dè kòt, drùa vèr lε liè ù j'avè mi mo kanò a l'akr.
De la je dekûvri ezema la kolin ki m'avè sèrvi d'opsèrvatûar. J'i mote
e kèl fu mo-n etonma dε vûar la mèr kalm e trakil. Pûi de mùvma-t
ipetuè, pùi de kùra, no plu kε da ma pεtit bè.

Jε mi mo-n èspri-t a la tortur pùr penetre lè rèzo dε sε hajma. Jε
rezolu d'opsèrve la mèr pada kèlke ta, parse kε je sûpsonè kε lε kûra
do j'e parle n'avè d'òtr-ε kòz kε la mare, e jε nε fu pà lota sa-z ètr ò
fèt dε sèt etraj hajma dε la mèr. Jε vi, a n'a pùvùar dùte, kε lε reflu,
parta dε l'wèst e sε jùaga-t ò kùr dε kèlke rivièr, ètè la kòz du kûra
ki m'avè-t aporte avèk ta de violas. Selo kε lè va de l'wèst e du nor
ètè plu-z ù mùi viola, lε kùra s'etadè juskε sur l'il ù sε pèrdè-t a un
mùidr-ε distas dε la mèr. S'ètè-t ava midi kε je fezè tùt sè-z opsèrvàsio,
e sèl kε je fi lε sùar mε kofirmèr da mo-n opinio. Jε rεvi lε kûra de
mèm kε je l'avè vu òtrεfùa, avèk sèt diferas pùrta k'ò liè de porte
dirèktema vèr mo-n il, il s'a-n elùagè d'un demi liè.

De tùt sè-z opsèrvàsio, jε koklu k'a rεmarka lε ta du flu e du reflu
de la mare il mε serè trè-z eze d'amne mo kanò òprè dε ma mèzo. Mè
lε sùvnir dè daje pàse mε kòzè-t un tèl freyεr, kε je n'òze jamè rea-
lize sε projè. J'εme miè formε-r u-n òtr-ε pla, do l'egzekusio ètè plu
sur, kùake plu laborièz : s'ètè de fèr u-n òtr-ε kanò. Jε mε livre a sε
traval avèk l'aktivite kε je mètè da tùt mè-z atrepriz, e isi j'u dè
kanò, u pùr hak kòte de l'il.

J'avè-z òsi dè platàsio. L'un ètè ma tat ù ma pεtit forterès, atûre de
palisad-z e krèze da lε rok. Je m'i ètè menaje pluziεr habr; da la mùi-z
umid e la plu grad, ki avè-t un port pùr sortir or de la palisad, je tenè
lè gra pò dε tèr do j'e fè la dèskripsio, katorz ù kiz grad korbèl, do
hakun kotenè sik ù si bùasò. Sè korbèl mε sèrvè-t a rεkεlir e a garde mè
provizio, e partikulièrma mè gri: lè-z u akor da lεr-z epi e lè-z òtr-ε nu.

Lè piè dε ma palisad ètè dεvnu dε gra-z arbr, e têlma tùfu k'il
ètè-t iposibl d'apèrsεvûar k'il rafèrmas da lεr satr òkų liè abite. Tù-t
òprè, mè da-z ų-n adrùa mùi-z èlve, j'avè-z un pεtit tèr pùr i sεme
mè gri, e kom jε la tεnè tùjùr for bii kultive j'a tirè hak ane un
abodat rekolt.

Ùtr sèt platàsio, j'a-n avè-z un òtr asε kosiderabl, kε j'aplè ma
mèzo dε kapag. J'i atrεtεnè-z ų pεti bèrsò avèk bòkù dε sùi. Lè-z
arbr ki da l'orijiu n'ètè kε dè piè, dεvir-t avèk lε ta trè-z èlve; jε lè
kultivè dε faso k'il pus-t etadr-ε lεr brah, dεvnir tùfu, e par la done-r
ų-n agreabl obraj. J'i avè ma lat, forme d'un piès dε tùal bii tadu sur
dè pêrh. Sù sèt lat, jε plase ų li dε repò fè dε pò dε bêt kε j'avè tuε.
Un kùvèrtur dε li sòve du nofraj e ų grò surtù sèrvè-t a me kùvrir.

A kôte e tù-t ò-z aviro dε mo bèrsò ètè lè pàturaj dε mê hèvr.

Mê vig-z ètè-t òsi da sε kartie; j'a tirè dè provizio dε rêzi pùr tù
l'ivêr.

Sêt adrùa se trùvè justεma-t a dεmi hεmi dε ma fortεrès e dε la bè
ù j'avè mi mo kanò; lorskε j'alè lε vizite, jε m'arètè da sε liè, e j'i
kùhè-z un nui. J'avè gra sùi dε mo kanò; jε trùvè bòkù dε plezir a
me promne sur mêr.

Ų jùr kε j'alè-z a mo kanò, jε dekùvri trè distiktεma sur lε sàbl la
mark d'ų pie nu; jamè jε nε fu sezi d'un plu grad freyεr; jε m'arete
tù kùr kom si j'us vu kêlk'aparisio. Jε me mi ò-z ekùt, jε regarde
òtùr dε mùa; mè jε nε vi e n'atadi rii : jε mote sur un pεtit eminas
pùr etadr ma vu ò lùi, j'a desadi, e j'ale ò rivaj; mè jε n'apêrsu rii
dε nùvò, ni òkų vèstij d'om kε sεlui do jε vii dε parle. J'i rεtùrne
da l'èsperas kε ma krit n'ètè pε-t ètr k'un illusio; jε revi la mêm mark
d'ų pie nu, lè-z ortèl, lε talo, e tù lè-z òtr-z idis d'ų pie d'om. Jε
m'afui vêr ma fortifikàsio, tù trùble, regarda dèrièr mùa prêsk'a hak
pà, e prena tù lè buiso kε jε rakotrè pùr dè-z om.

Jε nε fu pà plutò-t arive a ma fortεrès kε jε m'i jete kom ų-n om
k'o pùrsui, e jε nε pui me sùvnir si j'i atre par l'ehêl ù par lε trù ki
ètè da lε rok, e kε j'aplè-z un port; j'ètè tro-p efreye pùr kε lε sùvnir
m'a sùa rêste.

Rεvna-t a dè-z ide plu sèu, jε pase afi kε sε nε pùvè-t ètr-ε kε dè

sòvaj du kotina ki, s'eta mi-z a mèr avèk lɛr kanò, avè-t ete porte
da l'il par lê va kotrêr ù par lê kùra, e ki avê-t u òsi pê d'avi dɛ
rêste sur sɛ rivaj dezèr kɛ j'a-n avê mùa mêm dɛ lê-z i vùar. Pada
kɛ sê reflêksio rùlê da mo-n êspri, je radê grâs ò sièl dɛ sɛ kɛ je ne
m'êtê pâ trùve alor da sèt adrùa dɛ l'il, e dɛ sɛ kɛ ma halùp avê-t
chape ò-z yê dê sòvaj, ki òtrema sɛ serê-t apêrsu kɛ l'il êtê-t abite,
sɛ ki orè pu lê porte-r a mɛ hêrhe, e pɛ-t êtr m'orè fê dekùvrir.

Da sêrti moma, je m'imajinê kɛ ma halùp avê-t ete trùve, e sèt
pase m'ajitê dɛ la manièr la plu kruêl; je m'atadê-z a lê vùar rɛvnir
a gra nobr, e je krêgê lor mêm kɛ je pùrê mɛ derobe-r a lɛr barbari,
k'il ne trùvas mo-n aklò; a-n êfê, si sɛ malɛr mɛ fu-t arive, il-z orê
detrui mo ble, amne mo trùpò, e je mɛ serè vu êkspòze a mùrir dɛ fi.

Parmi sɛ flu e sɛ rɛflu dɛ pase e d'ikietud, je mɛ mi-z u jùr da
l'êspri kɛ le sujè dɛ ma krit n'êtê pɛ-t êtr k'un himèr, e kɛ le vêstij
kɛ j'avê remarke pùrê bii-n êtr la mark dɛ mo propr-ɛ pie.

La desu, je pri kùraj, e je sorti dɛ ma retrèt pùr ale furte partù-t a
mo-n ordinèr. Je n'êtê pâ sorti dɛ mo hàtò pada trùà jùr e òta dɛ nui,
e je komasê-z a lagir dɛ fi, n'êya he mùa kɛ kêlke biskui e dɛ l'ò; je
soje d'alɛr kɛ mê hêvr-z avê bezùi kɛ je vis lê trêr, sɛ ki êtê d'ordinêr
mo-n amuzma du sùar. Je n'avê pà tor d'a-n êtr a pèn, lê pòvr-z
animò avê bòkù sùfèr, pluzier-z a-n avê megri, e lɛ lê dɛ la plupar
êtê desehe.

Akùraje par la pase kɛ je n'avê-z u pɛr kɛ dɛ mo-n obr, j'ale a la
mêzo dɛ kapagn; o m'orè pri pùr u-n om ajite par la plu movêz
kosias, a vùar avèk kêl krit je marhê, kobii dɛ fùa je regardê dêriêr
mùa, kom je pòzê dɛ ta-z a ta a tèr mo po-t ò lê pùr kùrir avèk òta
dɛ vitès kɛ s'il sɛ fu-t aji dɛ sòve ma vi.

Sɛpada, aprè-z i êtr ale dɛ sèt manièr pada dè-z ù trùà jùr, je devi
plu ardi, e je mɛ kofirme da le satima kɛ j'avè-z ete la dup dɛ mo-n
imajinâsio. Pùr m'a kovikr plênma, je mɛ trasporte sur lê liê afi dɛ
mezure le vêstij ki m'avê kòze ta d'ikietud. Mê dè kɛ je fu-z arive a
l'adrùa fatal, je vi klêrma k'il n'êtê pâ posibl kɛ je fus sorti dɛ ma
bark prè dɛ la, e ki plu-z ê, je trùve le vêstij do-t il s'aji bii plu gra
kɛ mo pie, sɛ ki mɛ kòza dɛ nùvêl-z agùas. U friso mɛ sezi kom si

j'avè-z u la fièvr , e je m'a retùrne he mùa persuade ke dè-z om-z ètè desadu sur se rivaj, ù ke l'il ètè-t abite e ke je kùrè risk d'ètr atake a l'iprovist sa savùar de kèl manièr me prekòsione.

Je me propòze d'abor de jete-r a bâ mè-z aklò , de fèr ratre da lè bùà mo trùpò aprivùaze, e d'ale hèrhe da-z u-n òtr kùi de l'il dè komodite parèl a sèl ke je vùlè sakrifie-r a ma kosèrvàsio. Je rezolu-z akor de ravèrse ma mèzo , ma kapaḡ e ma ut, e de bùlvèrse mè dè tèr kùvèrt-e de ble, afi d'òte-r ò sòvaj jusk'ò mùidr-e sùpso kapabl de lè-z amne-r a la dekùvert dè-z abita de l'il.

Je komasè mèm a me repatir d'avùar pèrse ma kavèrn si ava, e de lui avùar done un sorti da l'adrùa-t ù ma fortifikàsio jùaḡè le rohe. Pùr remedie-r a sèt ikovenia , je rezolu de me fèr u sego retrahma, egalma-t a demi sèrkl, a kèlke distas de mo rapar.

Je me trùvè-z isi dèrièr dè rapar : selui du deor ètè fortifie de piès de bùà, de viè kàbl, e de tù se ke j'avè juje propr a le raforse, e je le radi-z èpè de plu de di pie a fors d'i aporte de la tèr e de lui done de la kosistas a marha desu. Je pratike sik ùvèrtur-z ase larj pùr i pàse le bra, e da lèkèl je plase si mùskè a giz de kano sur dè-z èspès d'afu, de tèl manièr ke je pùvè fèr fè de tùt mo-n artilri a dè minut. Je me fatige pada pluzier mùà a tèrmine se retrahma, e je n'u pùi de repò ava de le vùar fini.

Pada sè-z okupàsio, je ne lèsè pà d'avùar l'el sur mè-z òtr-z afèr ; je m'iterèsè surtù-t a mo peti trùpò de hèvr, ki komasè no selma-t a m'ètr d'un grad resùrs da lè-z okàzio prezat, mè ki, pùr l'avnir, me fezè-t èspere-r un grad ekonomi de plo, de pùdr e de fatig, ke sa lui j'orè du aplùaye-r a la has dè hèvr sòvaj.

Aprè-z un mur deliberàsio, je ne trùve ke dè mùayi de mètr mè hèvr or d'isult. Le premie ètè de krèze-r un òtr-e kavèrn sù tèr, e de lè-z i fèr atre tùt lè nui; e le sego, de fèr dè-z ù trùà peti-z aklò elùaḡe lè-z u dè-z òtr, e le plu kahe k'il fu posibl, da haku dèkèl je pus rafèrme-r un demi dùzèn de jen hèvr, afi ke, si kèlke dezastr arivè-t ò trùpò, je me trùvas a-n eta de le remètr sur pie a pè de ta ; kùake se dèrnie pla fu d'un egzekusio log e penibl, il me paru le plu rèzonabl.

Pùr realize sε desi̱, jε mε mi-z a parkùrir tù lε rεkùi̱ de l'il, e jε trùve bii̱tò-t u̱-n adrùa-t òsi detùrne ke jε lε sùćtè. S'ètè-t un piès dε tèr uni, ò miliè dè bùà lè plu-z èpè, ù j'avè fali̱ mε pèrdr u̱ jùr a revna̱ dε la parti la plu-z oria̱tal dε l'il. Èl ofrè-t un èspès dε park do̱ la natur avè fε tù lε frè, e ki, par ko̱seka̱, n'egzijè pà-z u̱ traval si rud ke sεlui ke j'avè ko̱sakre a mè-z òtr-z a̱klò.

Jε mi-z òsitò la mi̱ a l'εvr; a mùi̱ d'u̱ mùà j'avè si bii̱-n ede la natur, ke mε hèvr, ki ètè deja pàsablema̱ bii̱-n aprivùaze, pùvè-t ètr a surte da̱ sèt azil.

U̱ jùr, m'avasa̱ vèr la pùi̱t oksida̱tal dε l'il plus ke jε n'avè fè, jε kru-z apèrsεvùar, d'un-ε òtεr ù j'ètè, un halùp bii̱ lùi̱ a̱ mèr; j'avè trùve kèlke lunèt d'aproh da̱-z u̱ dè kofr ke j'avè sòve du vêsò; mè par malεr, jε n'a̱-n avè pà-z alor sur mùa, e jε nε pu disti̱ge l'objè-t a̱ kèstio̱; d'ù jε pri la rezolusio̱ dε nε plu sortir sa̱-z aporte-r un dε mè lunèt.

Eta̱ desa̱du dε la kolin, e mε trùva̱ da̱-z u̱-n adrùa-t ù jε n'avè jamè-z ete, jε fu plènma̱ ko̱viku k'u̱ vèstij d'om n'ètè pà-z un hòz for ràr da̱ mo-n il, e kε si la Providas̱ nε m'avè pâ jεte du kòte ù lε sòvaj nε venè jamè, j'orè su k'il ètè trè-z ordinèr ò kanò du ko̱tina̱ de hèrhe-r un rad da̱ sèt il, ka̱-t il sε trùvè par azar tro-p ava̱ da̱ la òt mèr. J'orè-z apri a̱kor k'aprê kèlke ko̱ba a̱tr lε kanò dè difera̱t peplad lè vi̱kεr menè lεr prizonie sur mo̱ rivaj pùr lε tue e pùr lε maje.

U̱ spèktakl ki s'ofri-t a mùa sur lε rivaj du kòte sud wèst m'i̱struizi dε tùt sè partikularite; sε spèktakl mε rapli d'etonma̱-t e d'orrεr : j'apèrsu la tèr parsεme dε krân, dε mi̱, dε pie, e d'òtr-z osma̱-z umi̱; prè dε la ètè lè rèst-ε d'u̱ fè, e u̱ ba̱ krêze da̱ la tèr, a̱ form dε sèrkl, ù sa̱ dùt sè kanibal s'ètè plase pùr fèr lεr epùva̱tabl fèsti̱.

La sèrtitud ù j'ètè ke jε nε kùrè-z òku̱ risk d'êtr dekùvèr mε fi̱ rεpra̱dr pè a pè ma manièr de vivr ordinèr. Bii̱tò mêm jε nε so̱je nui-t e jùr k'ò mùayi̱ de detruir kèlke-z u̱ dε sè mo̱str ò miliè de lεr divèr-tisma̱ saginèr, e de sòve lè viktim s'il ètè posibl.

J'a̱plùaye pluziεr jùr a hèrhe-r u̱-n adrùa favorabl a un a̱buskad, e jε desa̱di frekama̱ vèr le liè dε lεr fèsti̱, avêk lεkèl jε koma̱sê-z a mε familiarize. A la fi̱, jε trùve un plas komod sur u̱ dè kòte de la

kolin d'ù je pùvè-z atadr a surte l'arive dè bark de sè-z atropofaj, e
de lakèl, pada k'il debarkerè, je pùvè me glise da le plu-z êpè du
bùà. J'avè dekùvèr u-n arbr ase krè pùr me kahe-r atièrma; de la je
pùvè-z epie tù ler mùvma e vize sur è, ka-t il se trùvrè si sere òtùr
de ler idè fèsti k'il me serè prèsk'iposibl de n'a pà mêtr du premie kù
trùà-z ù katr-ε or de koba.

Je ne make pà de me trùve tù lè mati ô somè de la kolin, elùage
de mo hàtò d'u pê plu d'un liê; mê je fu plu de dè mùà-z a satinèl
de sèt manièr sa fèr la mùidr-ε dekùvèrt e sa vùar la mùidr-ε bark,
no selma prê du rivaj, mè mèm da tù l'osea.

U jûr, ò mùà de desabr, epok ordinèr de ma mùaso, j'êtè sorti,
selo ma kùtum, u pê ava le leve du solèl. Je fu surpri par la vu
d'un lumièr sur le rivaj, a un grad demi liê de mùa. Èl ne s'ofrè pà
du kôte ù j'avè-z opsèrve ke lè sòvaj-z abordè d'ordinèr; e je vi,
avèk la plu viv dùler, ke s'êtè du kôte de mo-n abitàsio.

La per d'êtr surpri me fi-t atre bii vit da-z un grot ke je m'êtè pre-
pare kèlke ta-z òparava; mê je kru plu sùr de me mètr a l'abri derièr
lè rapar de mo-n abitàsio. J'i retùrne dok, e èya retire mo-n ehèl aprè
mùa, je me prepare a la defas. N'èya pèrson pùr ale-r a la dekùvèrt,
e ikapabl de rèste plu lota da l'isèrtitud, je m'aardi a mote sur le ò du
rohe par le mùayi de mè dê-z ehèl, e, me mèta vatr a tèr, je me
sèrvi de ma lunèt d'aproh pùr rekonètr l'eta dè hòz. Je vi d'abor ne
sòvaj asi-z a ro òtùr d'u peti fè, no pùr se hòfe, kar il fezè-t un haler
èkstrêm, mê-z aparama pùr prepare kèlke mè de hèr umèn.

Il-z avê-t avèk è dè kanò k'il-z avè tire sur le rivaj; e kom s'êtè-t
alor le ta du reflu, il parèsè-t atadr le flu pùr s'a retùrne, se ki kalma
mo-n ikietud; a-n èfè, dè ke la mare komasa a porte du kôte de
l'oksida, je lê vi se jete da ler bark e fèr fors de ram aprè s'êtr divèrti
par dè das, dè postur e dè jèstikulàsio bizar.

Aprè k'il se fur-t elùage, je sorti avèk u fuzi sur hak epòl, dè pis-
tolè-z a ma situr, mo larj-ε sàbr a mo kòte, e, avèk tù l'aprèsma
posibl, je gàge la kolin d'ù j'avè vu pùr la premièr fùa lè mark de ler
fèsti; la, j'apèrsu k'il i avè-t u de se kòte trùà-z òtr kanò ki êtè-t a
mèr òsi bii ke lè-z òtr pùr regàge lε kolinu.

Desadu sur lε rivaj, jε vi lὸ-z orribl-ε tras de lεr brutal kùtum, e j'a kosu ta d'idiḡàsio ke je rezolu de nùvὸ de tobe sur la premiὸr trùp ke je rakotrerὸ, kêlke nobrὸz k'ὸl pu-t ὸtr.

Vὸr lε miliὸ du mùà de mὸ, il s'ὸlva un tapὸt akopaḡe de tonὸr ὸ d'eklὸr. La nui suivat nε fu pà mùi-z epùvatabl. Jε fu surpri d'u brui sablabl a sεlui d'u kù de kano tire a mὸr.

Sὸt surpriz ὸtὸ bii diferat de sὸl ki m'avὸ sezi jusk'alor : je me lεve avὸk tù l'aprὸsma posibl, e a-n u-n ista, jε parvi-z ὸ ὸ du rohe par lε mùayi de mὸ-z ehὸl. Da le mὸm moma, un lumiὸr me prepara a atadr u sego kù de kano ki frapa mὸ-z orὸl un demi minut aprὸ, e do le so devὸ venir du kòte de la mὸr ù j'avὸ-z ete aporte da ma halùp par lε kùra. Je juje d'abor ke se devὸ-t ὸtr u vὸsὸ a peril, ki, par sὸ siḡὸ, demadὸ du sεkùr a kêlk'òtr bàtima ki alὸ-t avὸk lui de kosὸrv. Jε soje, d'aprὸ sὸt sirkostas, ke si j'ὸtὸ-z ikapabl de lui done du sekùr, il pùrὸ pε-t ὸtr m'a done, e, da sὸt vu, je ramàse tù le bùà sὸk ki ὸtὸ-t ὸ-z aviro ; j'a fi-z u fὸ ὸ ὸ de la kolin. Kùake lε va fu viola, il nε lὸsa pà de s'aflame-r a mὸrvὸl, e j'ὸtὸ sur k'il devὸ-t ὸtr apὸrsu par lὸ ja du vὸsὸ, si mὸ kojὸktur la desu ὸtὸ just. Il le vir sa dùt, kar a pὸn mo fὸ.ὸtὸ-t il da tùt sa fors, ke j'atadi-z u trùàziὸm kù de kano suivi de pluzier-z òtr, vena tùs du mὸm adrùa. J'atreti mo fὸ tùt la nui, e ka-t il fi jùr e ke le siὸl sε fu-t eklὸrsi, je vi kêlke hòz a un grad distas, a l'ὸst de l'il, sa pùvùar lε distige mὸm avὸk mὸ lunὸt.

J'i fikse kostama lὸ-z yὸ pada tùt la matine ; e kom je vùayὸ l'objὸ da lε mὸm liὸ, je kru-z afi ke s'ὸtὸ-t u vὸsὸ a l'akr. Je pri mo fuzi, e je m'avase a gra pà du kòte de la parti meridional de l'il ù lὸ kùra m'avὸ porte òtrefùa ὸ pie de kêlke rohe ; je mote sur le plu ὸ de tùs, e, le ta eta-t alor seri, je vi, a mo gra regrὸ, lε kor d'u vὸsὸ ki s'ὸtὸ brize da la nui sur lὸ rok kahe ke j'avὸ trùve ka je mi-z a mὸr la halùp, e ki, rezista-t a la violas de la mare, fεzὸ-t un ὸspὸs de kotr-ε mare, par lakὸl j'avὸ-z ete delivre d'u dὸ plu gra daje ke j'us kùru de ma vi.

K'ὸtὸ devnu l'ekipaj, s'ὸ sε ke j'iḡore jusk'a la dὸrniὸr ane de mo sejùr da sὸt il. Kêlke jùr-z aprὸ, j'u sεlma la dùlεr de vùar sur lε sàbl lε kadàvr d'u mùs nùaye. Il avὸ pùr abilma-t un vὸst-ε de matlὸ, un movèz pèr de kulot, e un hemiz de tûal blah, de manièr k'il m'êtê-t iposibl de devine de kêl nàsio il pûvê-t êtr; tù se ki se trûvê da sê poh kosistê-t a dê piês de uit, e un pip, ifinima plu presièz pûr mûa ke l'arja.

La mêr êtê sepada devnu kalm, e j'avê grad avi de vizite le vêsô, mûi da l'êsperas d'i trûve kêlke hôz d'util, ke pûr vûar s'il n'i avê pâ kêlke kreatur vivat do je pus sôve la vi, e ki me radrê la miên bôkû plu-z agreabl. Sêt pase fezê-t un si fort iprêsio sur mûa, ke je n'u de repô ni jûr ni nui ke mo desi ne fu-t egzekute.

Je prepare dok tû pûr mo vûayaj. Je pri-z un bon katite de pi, u pô rapli d'ô frêh, un bûtêl de rom, do j'êtê-z akor sufizama pûrvu, e u panie pli de rêzi sêk. Harje de sê provizio, je desadi vêr ma halûp, je la netûaye, je la mi-z a flô, e j'i porte tût ma kargêzo; asuit, je retûrne pûr hêrhe le rêst de se ki m'êtê nesesêr, savûar du ri, u parasol, dê dûzên de mê gàtô, u fromaj e u pô de lê de hêvr. Mo peti bàtima isi harje, je prie Diê de benir mo vûayaj, e, ràza le rivaj, je vi-z a la dêrniêr pûit de l'il du kòte du nor-d êst, d'û il falê-t atre da l'osea, si j'êtê-z ase ardi pûr pûrsuivr mo-n atrepriz. Je regarde avêk bôkû de frêyer le kûra ki avê-t òtrefûa fali me fêr perir, e se sûvnir ne pûvê ke me dekûraje, kar si j'avê le maler d'i done, il m'aporterê sêrtênma biin ava da la mêr, or de la vu de mo-n il; e si u va-t u pê for se levê, s'a-n êtê fê de mûa.

J'a fu-z efreye, ô pûi ke je komase a abadone ma rezolusio. Êya tire ma halûp da-z un petit sinuôzite du rivaj, je me mi sur u peti têrtr, flota-t atr-e la krit e le dezir d'ahve mo vûayaj; j'i rêste òsi lota ke je vi ke la mare hajê, e ke le flu komasê-t a venir, se ki radê mo desi ipratikabl pada kêlke-z er.

Le ladmi, je repri kûraj e je me dirije vêr le vêsô û j'arive a mûi de dê-z er.

S'êtê-t u bii trist-e spêktakl : le vêsô, ki parêsê-t êspagol par sa struktur, êtê kom klûe atr-e dê rok; la pûp e un parti du kor du bàtima avê-t ete frakase par la mêr, e kom la prû avê done kotr-e lê rohe avêk un êkstrêm violas; le gra mà e le mà d'artimo s'êtê brize; mê le bôpre êtê rêste a bo-n eta, e parêsê fêrm vêr la pûit de l'epro.

5.

Lorske j'a fu tù prè, u hii paru sur le tilak; me vùaya venir, il se mi-t a abùaye. Je l'aple, il sòta da la mèr, e je l'ede a atre da ma bark; il ètè-t a mùatie mor de fi e de sùaf; je lui done u morsò de pi k'il aglùti kom u lù ki orè lagi pada kiz jùr da la nêj; je lui fi bùar asuit de l'ò frèh, e, si je l'avè lese fèr, il se serè kreve.

U spèktakl bii tùha s'ofri-t a mè-z yê da le vèsò : se fu selui de dè-z om nùaye ki se tenè-t abrase l'u l'òtr da la habr de prù. Il ê probabl ke, lorske le bàtima tùha, la vag i ètè-t atre si abodama e avèk ta de violas ke sè pòvr ja-z a-n avè-t ete etùfe, de mèm ke s'il-z us-t ete kotinuèlma sù l'ò. Èksèpte le hii, il n'i avè rii de viva da tù le bàtima.

Prèske tùt la kargèzo me paru deteriore par l'ò; je vi pùrta kèlke tonò rapli aparama de vi ù d'ò de vi, mè-z il-z ètè tro grò pùr ke je pus a tire le mùidr uzaj. Il i avè-t akor pluzier kofr : j'a mi dê da ma halùp, sa-z egzamine se k'il kotnè. Je juje, asuit, par se ke j'i trùve, ke le vèsò devè-t ètr rihma harje; e si je pui tire kèlke kojektur par le kùr k'il prenè, il i a tùt aparas k'il ètè dèstine pùr Bueno-z Èr, ù bii pùr Riò de la Plata, de la pùr la Avan, e asuit pùr l'Èspaḡ.

Ùtr sè dê kofr, je trùve u peti tonò ki pùvè kotnir aviro vi pò, e je le mi da ma halùp avèk bii de la pên. J'apèrsu da-z un dè habr pluzier fuzi, e u gra kornè de pùdr ù il i a-n avè-t a pê prè katr-e livr; je m'a sezi; mè je lese la lê-z arm, parse ke j'a-n avè sufizama. Je m'aproprie akor un pèl a fê e dè pisèt, do j'avè-z u-n èkstrêm bezùi, dê hòdro de kuivr, u gri, e un hokolàtièr. Je m'a retùrne avèk sèt harj e avèk le hii, vùaya venir la mare, ki devè me ramne he mùa, e le mèm sùar, je revi-z a l'il èkstrèmma fatige de ma kùrs.

Aprè-z m'ètr repòze sèt nui da ma halùp, je rezolu de porte mê nùvèl-z akizisio da ma grot, plutò ke da mo hàtò; mè je trùve bo d'a fèr òparava l'egzami. Le peti tonò ètè rapli d'un èspès de rom, ki n'avè pà la bote de selui k'o trùv da le Brezil. Pùr lè dê kofr, il-z ètè pli de pluzier hòz d'u gra-t uzaj pùr mùa : j'i trùve u kabarè rapli de liker kordial-z èksèlat; èl-z ètè da dè bùtèl-z orne d'arja, e ki kotnè hakun trùà pit. J'i vi-z akor dê pò de kotitur si bii fèrme ke l'ò

n'avé pu i penetre, e dè-z ôtr ki été gate par l'ò de la mêr; il i avé
de plus de for bon hemiz, kêlke kravat de diferat kûler, un demi
dûzèn de mûhûar de tûal blah, ki me sèrvir-t a esuiye mo vizaj da
lè grad haler. Tùt sèt trùvàl m'èté-t èkstraordinèrma-t agreabl.

Ò fo du kofr, je trûve trûà gra sak de piès de uit, ò nobr a pé
prè de oz sa, ùtr u peti papie ki rafèrmè si dùbl-ɛ pistol, e kêlke
peti jûayò d'or ki pûvè pezè-r asabl aviro un livr. Je trûve da le sego
kofr un sikatên de piès de uit, mê pûi d'or, d'ù je pûvè-z ifere k'il
avè-t apartenu a u plu pôvr-ɛ mètr ke selui du premio, ki èté sa dût
kêlk'ofisie d'u grad ase-z èlve.

Da l'ôtr-ɛ kofr, il i avè kêlke-z abi, mè de pé de valer, e trûà flako
pli d'un pûdr a tire trè fin, dèstine aparama-t a harje dè fuzi de has.
Ò total, je tire pé de frui de se vûayaj; l'arja ne m'èté de nul valer, e
j'orê done tû se ke j'a-n avè trûve pûr trûà-z û katr-ɛ pêr de bâ e de
sûlie; j'a-n avê gra bezûi, kar, depui nobr-ɛ d'ane, j'avè-z ete oblije
de m'a pàse. Il ê vrê ke je m'aproprie dê pèr de sûlie dò pôvr-ɛ matlò
ke j'avê trûve nûaye da le vèsò, mê il ne valè pà lè sûlie-z aglê.

Aprê-z avûar mi mê-z akizisio a liê sur, je replase ma bark da sa
rad ordinèr, e je m'a revi-z a ma demer, û je trûve tû da l'eta-t û
je l'avê lese. Je me remi-z a vivr a ma maniêr akûtume, e a m'apli-
ke-r a mê-z afèr domêstik. Pada kêlke ta je jûi d'u-n ase gra repô,
êksêpte ke j'èté tûjùr sur mè gard e ke je sortè ràrma; akor ne le
fezê'j jamè k'avèk bôkû d'ikietud, a mûi ke je ne tùrnas mê pà du
kôte de l'wèst, û j'èté sur ke lè sòvaj ne venè jamè; se ki me dis-
pasè de me harje de se fardô d'arm ki m'akàblê tûjùr da mê-z ôtr-ɛ
promnad.

U mati, je distige sur le rivaj jusk'a si kanò, do lè sòvaj-z êté-t a
têr e or de la porte de l'el nu. Je savè k'il venè d'ordinèr ò mûi sik
û sis da hak bark; je ne pûvè dok tate d'a venir ò mi-z avèk un tratên
d'advèrsèr. Sepada, aprê-z avûar ete da l'irezolusio dura kêlke
moma, je prepare tû pûr le koba. J'ekùte atativma si j'atadè kêlke
brui, asuit, lêsa mê dê fuzi ò pie de mo-n ehèl, je me plase de
maniêr ke ma têt n'a depàsè pà le somè. De la j'apèrsu par le mûayi
de mê lunêt, k'il-z êté trat ò mûi, k'il-z avè-t alume du fè pûr prepare

lɛr fêstɪ e k'il dasê-t a l'atûr avêk mil postur e mil jêstikulâsiọ bizar, sɛlọ la kûtum du pei. Ụ momạ-t aprê, jɛ lê vi tire d'un bark dê mizerabl pûr lê mêtr ạ piês. Ụ dê dê tọba biịtô a têr, a sɛ kɛ jɛ krûa, d'ụ kû dɛ masu û dɛ sàbr-ɛ dɛ bûà. Sạ dêlê, dê-z û trûà dɛ sê bûrô sɛ jetêr dɛsu, lui ûvrir lɛ kor, e ạ preparêr lê morsô pûr lɛr ifêrnal kuizin, tạdis kɛ l'ôtr viktim sɛ tɛnê prê dɛ la, atạdạ kɛ sɛ fu sọ tûr d'êtr imolɛ. Sɛ malɛrê sɛ trûvạ-t alor ụ pê ạ libêrte, la natur lui ịspira kêlk'êsperạs dɛ sɛ sôve, e il sɛ mi-t a kûrir avêk tût la vitês imajinabl dirêktɛmạ dɛ mọ kôte, jɛ vê dir du kôte du rivaj ki mɛnê-t a mo-n abitàsiọ.

J'avû kɛ jɛ fu têrriblɛmạ-t efreye ạ lɛ vûayạ prạdr sɛ hɛmɪ, surtû parsɛ kɛ jɛ m'imajinê k'il alê-t êtr-ɛ pûrsuivi par tût la trûp. Jɛ rêste neạmûị dạ lɛ mêm ạdrûa, e j'u biịtô liê dɛ mɛ rasure-r ạ vûayạ kɛ trûà-z om sɛlmạ lɛ pûrsuivê, ɛ k'il gâgê kosiderablɛmạ dɛ têrɪ sur ê, dɛ maniêr k'il devê lɛr ehape-r ịdubitablɛmạ, s'il sûtnê sêt kûrs padạ-t un demi ɛr.

Il i avê-t ô rivaj, ạtr-ɛ lui e mọ hâtô, un pɛtit bê û il devê-t êtr arete nesesêrmạ, a mûị k'il nɛ la pàsa-t a la naj; mê, kạ-t il fu-t arive la, il nɛ s'ạ mi pà for-t ạ pên, e, kûakɛ la mare fu ôt, il s'i jeta a kor pêrdu, gâgạ l'ôtr-ɛ bor ạ-n un tratên d'elạ tû-t ô plu; ạsuit il sɛ rɛmi-t a kûrir avêk la mêm vitês k'ôparavạ. Kạ sê trûà-z ênmi arivêr dạ lɛ mêm ạdrûa, jɛ remarke k'il n'i ạ-n avê kɛ dê ki sûs naje, e kɛ lɛ trûàziêm, aprê s'êtr arete ụ-n ịstạ sur lɛ bor, s'ạ retûrna a pɛti pà vêr lɛ liê du fêstɪ; sɛ ki n'êtê pà-z ụ leje bonɛr pûr sɛlui ki fuiyê. J'opsêrve ạkor kɛ lê dê ki najê mêtê-t a pàse sêt ô lɛ dûbl-ɛ du tạ kɛ lɛr prizonie i avê-t ạplûaye. Jɛ fu-z alor plênmạ koviku kɛ l'okàziọ êtê favorabl pûr m'akeri-r ụ kopagọ, e kɛ j'êtê-z aple evidạmạ par lɛ siêl a sôve la vi dɛ sɛ pôvr-ɛ malɛrê. Dạ sêt pêrsuàziọ, jɛ desadi presipitamạ du rohe pûr prạdr mê fuzi, e remotạ-t avêk la mêm ardɛr, jɛ m'avạse vêr la mêr; jɛ n'avê pà grạ hɛmɪ a fêr, e biịtô jɛ mɛ jete ạtr lê pûrsuivạ e lɛ pûrsuivi, ạ tàhạ dɛ lui fêr ạtadr par mê kri dɛ s'arete. Jɛ lui fi-z ạkor sig̃ dɛ la mɪ; mê jɛ krûa k'ô komạsma il avê tû-t ôsi per dɛ mûa kɛ dɛ sê-z ôkêl il tàhê d'ehape. J'avạse sepạdạ vêr ɛ a pà la, e ạsuit, mɛ jeta bruskɛmạ sur le premie, je l'asome d'u kû de kros ; j'ême miê m'a defêr de sêt maniêr ke de fêr fê sur lui, de per d'êtr atadu dê-z ôtr, kûake la hôz fu difisil a un si grad distas ; il u d'aler ete iposibl ô sôvaj de savûar se ke sigifiê se brui-t ikonu.

Le sego, vûaya tobe so kamarad, s'arêt tû kûr kom efreye ; je kotinu d'ale drûa-t a lui ; mê-z a-n aproha, je le vûa-z arme d'u-n ark ôkêl il ajust un flêh, se ki m'oblij a le prevnir, e je le jêt a têr rêd mor du premie kû. Pûr le pôvr-e fuyar, kûak'il vi sô dê-z ênmi or de koba, il êtê si epûvate du fê e du brui, k'il s'arêta tû-t a kû sa sortir du mêm adrûa ; e je vi da so-n ôr trûble plu d'avi de s'afuir ke d'aprohe. Je lui fê-z akor sig de venir a mûa ; il fê kêlke pà, pui-z il s'arêt akor, e kotinu se mêm manêj pada kêlke moma ; il s'imajinê sa dût k'il êtê devnu prizonie un segod fûa, e k'il alê-t êtr-e tue kom sô dê-z ênmi. Afi, aprê ke je lui u fê sig d'aprohe pûr la trûaziêm fûa de la maniêr la plu propr a le rasure, il s'i azarda a se mêta-t a jenû a hak di-z û dûz pà pûr me temûage so-n obeisas. Pada tû se ta, je lui sûriê-z ôsi grasiêzma k'il m'êtê posibl. Afi, eta-t arive prê de mûa, il se jêt a mê jenû, il bêz la têr, pra-t u de mê pie e le pôz sur sa têt, pûr me fêr kopradr sa dût k'il me jurê fidelite, e k'il me radê-t omaj a kalite d'êsklàv. Je le releve, a lui feza dê karês pûr l'akûraje de plu-z a plu. Mê l'afêr n'êtê pà-z akor fini ; je vi bijtô ke le sôvaj ke j'avê fê tobe d'u kû de kros n'êtê pâ mor, e k'il n'avê-t ete k'etûrdi ; je le fi remarke-r a mo prizonie, ki la desu pronosa kêlke mô ke je n'atadi pà, mê ki ne lêsêr pâ de me harme, kar s'êtê le premie so d'un vûa umên ki u frape mê-z orêl depui vi-t sik a.

Il n'êtê pà-z akor ta de m'abadone-r a se plezir : le sôvaj avê deja repri sê fors pûr se mêtr sur so sea, e la frêyer s'apara de mo kaptif ; neamûi, dê k'il me vi fêr min de lâhe mo sego kû de fuzi sur se malerê, il me fi-t atadr par sig k'il sûêtê m'aprute mo sàbr, se ke je lui akorde. A pên s'a-n ê-t il sezi k'il se jêt sur so-n ênmi, e lui trah la têt d'u sel kû, ôsi vit e ôsi adrûatma ke pûrê le fêr le plu-z abil bûrô de tût l'Almag. S'êtê pûrta la premiêr fûa k'il vûayê-t un epe, a mûi k'o ne vel done se no ô sabr de bûâ ki so lê-z arm-z ordinèr dɛ sè pɛpl ; sɛpada j'e apri da la suit kɛ sè sàbr so d'u bûâ si dur e si pɛza e k'il sav si bii lè-z afile, kɛ d'u sɛl kû il fo vole-r un tèt. Aprè-z avûar fè sèt èkspedisio, il rɛvi-t a mùa a sôta e a fɛza dè-z ekla dɛ rir pûr selebre so triof ; pui, avèk mil jèst do j'iꬶorè le sas, il mi mo sàbr a mè pie avèk la tèt du sòvaj. Sɛ ki l'abarasè-t èkstraordinèrma s'ètè la manièr do j'avè tue l'òtr a un si grad distas, e, mɛ lɛ motra, il mɛ demada par siꬶ la pèrmisio dɛ lɛ vùar dɛ prè. Arive tù proh, sa surpriz ogmat, il lɛ regard, lɛ retùrn tatò d'u kòte, tatò dɛ l'òtr ; il egzamin la blesur kɛ la bal avè fèt justema da la pùatrin, e ki n'avè pà fè seꬶe bòkù. Aprè-z avùar lota kosidere, il rɛvi-t a mùa avèk l'ark e lè flèh du mor, e mùa, rezolu dɛ m'a-n ale, jɛ lui ordone dɛ mɛ suivr, a lui fɛza-t atadr kɛ jɛ krèꬶè kɛ lè sòvaj nɛ fus biitò suivi d'u plu gra nobr.

Il mɛ fi siꬶ asuit k'il alè-t atere lè kadàvr dɛ per k'il nɛ nù fis dekùvrir ; jɛ lɛ lui pèrmi, e a-n u-n ista, il u krèze dè trù da lɛ sàbl, ù il lè plasa l'u-n e l'òtr. Sèt prekòsio priz, jɛ l'amne avèk mùa, no da mo hàtò mè da la grot do j'e deja parle. Arive la, jɛ lui done du pi, un grap dɛ rèzi sèk e dɛ l'ò, do-t il avè surtù bezùi eta for-t altere par la fatig d'un si log e si rud kùrs. Jɛ lui fi siꬶ d'ale dormir, a lui motra u tà dɛ pàl dɛ ri, avèk un kùvèrtur ki mɛ sèrvè dɛ li ase sùva-t a mùa mèm.

S'ètè-t u gra garso bii dekùpe, dɛ vi-t sik a a pè prè ; il été parfètma bii fè ; tù sè mabr, sa-z ètr for grò, anosè-t u-n om adrùa-t e robust ; so-n èr màl nɛ prèzatè-t òku melaj dɛ ferosite ; ò kotrèr, o vùayè da sè trè, surtù ka-t il sùriè, sèt dùser e sèt agrema ki so partikulie ò-z Ɛropei. Il n'avè pà lè hevè sablabl-z a dɛ la lèn frize, il-z été lo e nùar. So fro ètè gra-t e èlve, sè-z yè brila-z e pli dɛ fè. So ti n'ètè pà nùar mè for bàzane, sa-z avùar rii dɛ sèt dezagreabl-ɛ kùler tane dè-z abita du Brezil e dɛ la Virjini ; il aprohè plutò d'un lejèr kùler d'oliv, do-t il n'è pà-z eze dɛ done-r un ide just, mè ki mɛ parèsè-t avùar kèlkɛ hòz dɛ for-t agreabl. Il avè lɛ vizaj ro e lɛ ne bii fè, la bùh bèl e lè lèvr-ɛ mis, lè da bii raje e blah kom dɛ l'ivùar.

Aprè-z avùar plutò somele kɛ dormi pada-t un demi ɛr, il sɛ revela e sorti dɛ la grot pùr mɛ rejùidr : j'avè-z ete trèr mè hèvr ki ètè da l'aklò tû prè de la. J'atadè la plupar de sè sig, e je fi de mo miê pùr lui fèr konètr ke j'ètè kota de lui. Je komase tù de suit a lui parle, e il apri-t a me parle-r a so tùr; je lui asege d'abor k'il s'apèlrè Vadredi, no ke je lui done a memùar du jùr òkèl il ètè tobe a mo pùvùar. Je lui apri-z akor a me nome so mètr, e a dir ùi e no. Je lui done asuit du lè da-z u pò de tèr; j'a bu le premie, e j'i trape mo pi; m'èya-t imite, il me fi sig k'il le trùvè bo.

Je rêste avèk lui tùt la nui suivat da la grot; mè dè ke le jùr paru, je lui fi kopradr de me suivr, e ke je lui donrè dè-z abi, kar il ètè-t apsoluma nu. A pàsa par l'adrùa ù il avè-t atere lè dè sòvaj, il me le motra, isi ke lè mark k'il avè lese pùr le rekonètr, a me feza sig k'il falè detere sè kor e lè maje. Je me done la desu l'èr d'u-n om for-t a kolèr; je lui èksprime l'orrer ke j'avè d'un parèl pase, e je lui ordone de s'ekarte de sè kadàvr, se k'il fi-t òsitò avèk bòkù de sùmisio. Je le mene asuit avèk mùa ò ò de la kolin, pùr vùar si lè-z ènmi ètè parti; e, a me sèrva de ma lunèt, je ne dekùvri ke la plas ù il-z avè-t ete, sa-z apèrsevùar ni è ni ler kanò, mark-e sèrtèn k'il s'ètè-t abarke.

Nù nù-z a retùrnam da mo hàtò, ù je me mi-z a travale-r ò-z abi de Vadredi. Je lui done d'abor un kulot de tûal ke j'avè trùve da le kofr d'u dè matlò, e ki lui ala pàsablema bii. J'i ajùte un vèst de pò de hèvr, e kom j'ètè devnu tàler da lè form, je lui fi-z akor u bonè de la pò d'u lièvr. Il ètè harme de se vùar prèsk'òsi bii mi ke so mètr, kùake d'abor il u l'èr for grotèsk da sè-z abilma, òkèl il n'ètè pà-z akùtume. Sa kulot l'ikomodè for, e lè mah de la vèst le jênè-t ò-z epòl e sù lè bra; mè tù sela s'elarji pè a pè da lè-z adrùa nesesèr, e komasa biitò-t a lui devnir familie.

Le jùr d'aprè, je me mi-z a delibere ù je lojrè mo domèstik d'un maniêr komod pùr lui, sa ke j'us rii-n a kridr-e pùr mùa, s'il ètè-t ase-z igra pùr atate-r a ma vi. Je ne trùve rii de plu kovnabl ke de lui fèr un-e ut atr-e mè dè retrahma, e je pri tùt lè prekòsio nesesèr pùr l'apehe de venir da mo hàtò malgre mùa; de plus, je rezolu d'aporte hak nui da ma demer tù se ke j'avè d'arm-z a ma posèsio. Erêzma tùt sè prekòsio n'ètè pà for nesesèr; jamè-z om n'u-t u sêrviter plu fidêl, plu rapli de kader e d'amûr pûr so mêtr; il s'atahê-t a mûa avêk un tadrês veritablema filial; il êtê sa fatezi, sa-z opiniâtrete, ikapabl d'aportema, e a tût okâzio il orê sakrifie sa vie pûr sôve la miên. Il m'a dona a pê de ta u si gra nobr-e de prev, k'il me fu-t iposibl de dûte de so bo ker e de l'inutilite de ma defias a so-n egar.

Afi j'êtê harme de mo nûvô kopago; je me fezê-z un afêr seriêz de l'istruir e de lui asege-r a parle, e je le trûvê le meler ekolie du mod. Il êtê si ge, si ravi ka-t il pûvê m'atadr û fêr a sort ke je l'atadis, k'il me komunikê sa jûa, e me fezê trûve-r u plezir pika da nô kovêrsàsio. Mê jûr s'ekûlê-t alor da-z un dûs trakilite, e pûrvu ke lê sôvaj me lêsas-t a pê, je kosatê volotie a finir ma vi da sê liê.

Trûà-z û katr-e jûr aprê ke j'u komase a vivr avêk Vadredi, je rezolu de le detûrne de so-n apeti kannibal a lui feza gûte de mê viad. Je le koduizi u mati da lê bûà, û j'avê desi de tue-r u de mê hevrô pûr l'a regale. A-n i atra, je dekûvri-z un hêvr kûhe a l'obr e akopago de dê de sê peti; j'arete Vadredi, a lui feza sig de ne pà remue, e a mêm ta je fi fê sur u dê hevrô e je le tue. Le pôvr sôvaj, ki m'avê vu terase de lûi u de sê-z ênmi sa savûar koma j'i êtê parvenu, efreye de nûvô, trablê kom la fel, sa tûrne lê-z yê du kôte du hevrô, pûr vûar si je l'avê tue û no; il ne soja k'a ûvrir sa vêst pûr egzamine s'il n'êtê pà blese lui mêm. Il krûayê sa dût ke j'avê rezolu de me defêr de sa pêrson; kar il vi se mêtr a jenû deva mûa, abrasa lê mii, e il me tu d'ase lo diskûr û je ne koprenê rii, sino k'il me supliê de ne pà le tue.

Pûr le dezabuze, je le pri par la mi a sûria; je le fi leve, e, lui motra du dûa le hevrô, je lui fi sig de l'ale hêrhe. Pada k'il êtê-t okupe a dekûvrir koma sêt animal avê-t ete tue, je reharje mo fuzi. Ô moma mêm j'atrevi sur u-n arbr u-n ûazô. J'apêl mo sôvaj, e lui motra du dûa mo fuzi, l'ûazô e la têr, je lui fê-z atadr mo desi de l'abatr; êfêktivma je le jete a bà, e je vi mo sôvaj epûvate de nûvô malgre tû se ke j'avê tàhe de lui fêr kopradr. Ne m'êya rii vu mêtr da mo fuzi, il le regardê kom un sûrs inepuizabl de dêstruksio. De lota il ne pu revenir de sa surpriz; e, si je l'avê lese fêr, je krûa k'il

orê-t adore mo fuzi ôsi bii ke mûa. Il n'ôza pâ-z i tûhe pada pluzier
jûr ; il lui parlê kom si sêt istruma u-t ete kapabl de lui repodr ;
s'êtê, isi ke je l'o apri da la suit, pûr le prie de ne pà lui ôte la vi.

Le mêm sûar, j'ekorhe le hevrô, je le dekûpe, e j'a mi kêlke morsô
sur le fê da-z u pò ; j'a fi-z u bûlo, e je donc un parti de sêt viad,
isi prepare, a Vadredi, ki, vûaya ke j'a majê, se mi-t a la gûte-r ôsi.
Il me fi siğ k'il i prend plezir ; mê se ki lui paru-t etraj, s'ê ke je majê
du sêl avêk mo bûli. Pûr me fêr kopradr ke le sêl n'êtê pà bo, il a
mi kêlke gri da sa bûh ; il lê rejeta e fi-t un grimas kom s'il avê mal
ô ker ; asuit il se risa la bûh avêk de l'ô frêh. Mûa, ô kotrêr, je fi
lê mêm grimas a prena-t un bûhe de viad sa sêl ; mê je ne pu le
porte-r a fêr de mêm, e il fu for lota sa pûvûar s'i akûtume.

Aprê l'avûar isi aprivûaze avêk sêt nûritur, je vûlu, le jûr d'aprê,
le regale d'u pla de roti ; se ke je fi a-n ataha-t u morsô de hevrô a
un kord, e a le feza tûrne kotinuêlma deva le fê, kom je l'avê vu
pratike pluzier fûa a-n Agletêr. Dê ke Vadredi a-n u gûte, il me fi ta
de grimas pûr me dir k'il le trûvê-t êksêla, e k'il ne majrê plu de hêr
umên, k'il i orê-t u bii de la stupidite a ne pâ l'atadr.

Le jûr d'aprê, je l'okupe a batr-e du ble e a le vane-r a ma maniêr,
se k'a pê de ta il fi-t ôsi bii ke mûa ; il apri de mêm a petrir du pi ;
a-n u mô, il ne lui falu ke pê de jûr d'apratisaj pûr êtr kapabl de me
sêrvir de tût lê maniêr.

J'avê-z a preza dê bûh-z a nûrir, e par koseka bezôi d'un plu
grad katite de gri ke par le pàse. Je hûazi dok u ha u pê plu-z etadu,
e je me mi-z a l'aklor, kom j'avê fê pûr mê-z ôtr-e têr. Vadredi m'êda
no selma-t avêk bôkû d'adrês e de dilijas, mê-z akor avêk bôkû de
plezir, saha ke s'êtê pûr ogmate mê provizio, e pûr êtr a-n eta de lê
partaje-r avêk lui. Il paru for sasibl a mê sûi, e il me fi-t atadr ke sa
rekonêsas l'animrê-t a travale-r avêk d'ôta plu d'asiduite. Se fu l'ane
la plu-z agreabl ke j'ê pàse da l'il. Vadredi komasê-t a parle pàsa-
blema ; il savê deja lê no de prêske tût lê hôz do je pûvê-z avûar
bezôi e tû lê liê û j'avê-z a l'avûaye ; se ki me radi l'uzaj de ma lag,
ki m'avê-t ete si lota-z inutil, du mûi par rapor-t ô diskûr. Se n'êtê
pà selma sa kovêrsàsio ki me plêzê, j'êtê harme de plu-z a plu de sa

fidelite , e jɛ komasé-z a l'eme-r avɛk la plu viv afɛksio , vûaya k'il avé pûr mûa tû l'atahma posibl.

U jûr, jɛ deziré savûar s'il regrɛtè bôkû sa patri ; e kom il savé-t ase l'aglé pûr repodr a la plupar de mé kèstio, je lui demade kobii-n il i avé de l'il ò kotina ; si da se trajè , lé kanò ne perisé pà sûva. Il me repodi k'il n'i avé pûi de daje, e k'u pè ava da la mér o trûvé tû lé mati le mêm va e le mêm kûra , e tût lè-z aprè dine u va e u kûra dirèktema-t opôze.

Jɛ kru d'abor ke se n'ètè-t ôtr-ɛ hòz kɛ lɛ flu e lɛ rɛflu, mê jɛ kopri da la suit ke se fenomèn été kôze par la grad riviér Orenok , da l'abûhur de lakèl mo-n il été situe , e kɛ la tèr ke je dekûvrè-z a l'èst e ò nor-d wèst été la grad il de la Trinite, situe ò sèptatrio de la riviér. Jɛ fi mil kèstio a Vadredi tûha lɛ pei, lè-z abita, la mér, la kòt e lè pepl ki a-n été vûazi, e il me dona tû lè rasêgma k'il pu ; mê j'avé bò lui demade lè no dè difera pepl dè-z aviro, il ne me repodé rii sino Karaib, d'û j'ifere kɛ s'été lè Karaib ke nò kart plas sur la kòt ki s'eta de la riviér Orenok vèr la Giyan e Sit Mart. Il me di-t akor ke bii lùi dèriér la lun (il vùlé dir vèr le kûha de la lun , a l'wèst de so pei) il i avé dè-z om bla-z e barbu kom mûa, e k'il-z avé tue gra bôkû d'om ; s'été la sa maniér de s'èksprime. Il êtè-t eze de kopradr k'il dezigè par la lè-z Èspagol , do lè kruôte se so repadu par tù sé pei, e ke lè-z abita detèst par tradisio.

Jɛ m'iforme alor de lui koma je pûrè fèr pûr me radr he sè-z om bla. Il me repodi ke j'i pûvè-z ale-r a dé kanò, se ke je ne kopri pà d'abor ; mê ka-t il se fu-t èksplike par sig, je vi k'il atadé par la u kanò-t òsi gra ke dè-z ôtr.

Sèt atretii me fi gra plezir, e me dona l'èsperas de me tire kêlke jûr de l'il, e de trûve-r u puisa sekûr da mo fidèl sòvaj.

Dê ke nû fum-z a-n eta de kofere-r asabl, e ke Vadredi komasa a parle-r aglé, je lui fi le resi de mè-z avatur, ò mùi de sel ki avé kêlke rapor avèk mo sejûr da sèt il, e avèk la maniér do j'i avé veku. Je lui revele le mistèr de la pûdr e dè bal, e je lui asegè la maniér de tire ; de plus, je lui done u kûtò, k'il se fezè-t u plezir èkstraordinèr de posede, e je lui fabrike u situro avèk un gèn suspadu kom sèl û

l'o mè lè kùtò de has, mè dispòze pùr un-ɛ ah dǫ l'utilite è bòkù plu
jeneral.

Jɛ lui fi-z ạkor un dèskripsiǫ de l'Ɛrop e prịsipalmạ dɛ l'Ạgletèr ma
patri; jɛ lui depẹgi notr-ɛ manièr dɛ vivr, lɛ komèrs kɛ nù fɛziǫ dạ
tù l'univèr par lɛ mùayị dɛ nò vèsò; jɛ n'ùblic pà dɛ lui donɛ-r un
idɛ dɛ sɛlui kɛ j'ètè-z alɛ vizite, e dɛ l'ạdrùa-t ù il avè-t ehùe. Il è
vrè kɛ sèt partikularite ètè pê nesesèr, puiskɛ, sɛlǫ tùt lè-z aparạs,
la mèr l'avè si biị ruine, k'il n'ạ rèstè pà lɛ mùịdr-ɛ debri.

Jɛ lui fi remarke-r òsi lè rèst-ɛ dɛ la halùp kɛ nù pèrdim kạ jɛ
m'ehạpe du nofraj. A pèn i ù-t il jɛte lè-z vè, k'il sɛ mi-t a reflehir
avêk ụ-n êr d'etonmạ, sạ dir ụ sɛl mò. Jɛ lui demạde kèl ètè le sujê
dɛ sa meditàsiǫ, e il repǫdi : Mùa vûar òsi tèl halùp hɛ ma nàsiǫ.

Jɛ fu-z asɛ lǫta-z a koprạdr sɛ k'il vùlè dir; mè, aprè-z ụ plu mur
egzamị, jɛ devine k'il mɛ vùlè fèr ạtạdr k'un sạblabl halùp avè-t etɛ
porte par un tạpêt sur lɛ rivaj dɛ sa nàsiǫ. J'ạ kǫklu kɛ kèlkɛ vèsò
Ɛropeị devè-t avùar fè nofraj sur sè kòt, e kɛ pɛ-t êtr lè vạ êyạ
detahe la halùp, l'avè pùse sur lɛ sàbl, mè jɛ fu-z asɛ sipl pùr nɛ
pà mɛ mètr dạ l'èspri kɛ sè ki la mǫtè avè pu sɛ sòve du nofraj par
sɛ mùayị. L'unik hòz a lakêl jɛ sǫje, fu dɛ demạde-r a mǫ sòvaj un
dèskripsiǫ dɛ la halùp ạ kèstiǫ. Il s'ạ-n akita pàsablemạ; pui-z il mɛ
fi-t ạtre tù-t a fè dạ sa pạse, ạ-n ajùtạ : Nù sòve lè-z om blạ dɛ nùaye.
Jɛ lui demạde òsitò s'il i avè kèlkɛ-z om blạ dạ sèt halùp. Ùi, di-t il,
la halùp plèn d'om blạ. E, ạ kǫtạ sur sè dùa, il mɛ fi koprạdr k'il i
ạ-n avè jusk'a dis sèt, e k'il demerè hɛ sa nàsiǫ; sɛ diskùr rapli ma
têt dɛ nùvêl himèr; jɛ m'imajine d'abor kɛ lè jạ du vèsò ehùe a la vu
dɛ mo-n il s'ètè jɛte dạ la bark, e kɛ, par malɛr, il s'ètè sòve sur lè
kòt dè sòvaj. Sèt pạse mɛ porta a demạde-r avèk plu d'egzaktitud sɛ
k'il-z ètè devnu. Il m'asura k'il-z ètè dạ sǫ pei depui katr ạ supsistạ
dè vivr kɛ lɛr fùrnisè sa nàsiǫ; e lorskɛ jɛ lui demạde pùrkùa il n'avè
pà-z ete maje, il mɛ repǫdi : Nù fèr frèr avèk è; nǫ maje lè-z om kɛ
kạ la gèr fè batr; s'è-t a dir kɛ sa nàsiǫ avè fè la pè-z avèk è, e k'èl
nɛ majè kɛ lè prizonie dɛ gèr.

Asɛ lǫta-z aprè, il ariva k'eta-t ò ò d'un kolin, du kòte dɛ l'èst,
d'ù, kom jɛ l'e di, l'o pùvè dekùvrir par ụ tạ serị lɛ kǫtinạ dɛ

l'Amerik, aprè-z avûar atativma regarde de se kòte la, il paru tû ravi, il se mi-t a sòte e a gabade. Je lui a demade le sujè; alor il kria de tût sè fors : Ò jûâ! la vûar mo pei, ma nàsio.

Le satima de la plu viv alêgrès ètè repadu sur tû so vizaj, e je kru lir da le fê de sè-z yè u dezir viola de retûrne da sa patri. Sèt dekûvêrt me radi mûi trakil sur so hapitr, e je ne dûte pûi ke, si jamè-z il trûvè-t un okàzio d'i retûrne, il n'ûblia e se ke je lui avê-z asege sur la relijio, e tût lè-z obligàsio k'il pûvè m'avûar. Je krègê mêm k'il ne fu kapabl de me dekûvrir a sè kopatriot, e d'a-n amne da l'il kêlke satèn pùr lè regale de ma hèr, avèk le mêm plezir k'il prenè-t ôtrefûa a maje kèlk'u de sè-z ênmi. Mè je fezè gra tor ò pòvr-e garso, se do je fu trè mortifie aprè.

O n'ora pà de pèn a krûar ke je ne neglije rii pùr penetre lè desi do je le sùpsonè; mè je trûvè da tùt sè parol ta de kader, ta de probite, ke mè sûpso dur nesesèrma tober a la fi, fòt de motif. Il ne s'apèrsèvè selma pà ke mè manièr-z ètè haje a so-n egar, prev evidat k'il ne sojè-t a rii mûi k'a me trope.

U jùr me promna-t avèk lui sur la kolin do j'e deja fè masio, par u ta tro harje pùr ke l'o pu dekûvrir le kotina, je lui demade s'il ne sùètè pà d'ètr-e da so pei, ò miliè de sa nàsio : Ùi, repodi-t il, mûa for jûayè vûar ma nàsio. E k'i ferie vû, lui di'j? vûdrie vû redevnir sòvaj, e maje-r akor de la hèr umèn? Il paru hagri a sêt kèstio, e remua la tèt : No, replika-t il, Vadredi ler kote vivr-e bo, prie Diê, maje pi de ble, hèr de bèt, lè; no plu maje-r om. Mè-z il vû majro, reparti'j. No, di-t il, ê no tue mûa; volotie eme-r apradr; pui-z il ajùta k'il-z avè-t apri bòkù de hòz dè-z om barbu ki ètè venu da la halûp. Je lui demade alor s'il avè-t avi d'i retûrne, e lorsk'il m'u repodu a sùria k'il ne pùvè naje juske la, je lui promi de fèr u kanò. Il me di-t alor k'il le vùlè bii, pùrvu ke je fus de la parti, e il m'asura ke bii lûi de me maje, il ferè gra kà de mûa, lorsk'il ler orè kote ke j'avè sòve sa vi e tue sè-z ênmi. Pùr me trakilize, il me fi-t u detal de tùt lè bote k'il-z avè-t u pùr lè-z om barbu jete par la tapèt sur ler rivaj.

Dè se moma, je pri la rezolusio de azarde le pàsaj, da le desi de

jùidr sè-z etrajc, ki devè-t ètr, selo mùa, dè-z Espaꞡol ù dè Portugè,
ne dùta pùi ke je ne regàꞡas ma patri, si j'avè-z un fùa le bonɛr de
me trùve sur le kotina avèk un nobrêz kopaꞡi d'Eropei; se ke je ne
pùvè plu-z èspere a rèsta da-z un il elùaꞡe de la tèr fèrm de plu de
karat liê.

Da sêt vu, je rezolu de mètr Vadrɛdi ò traval, e je le mene de
l'òtr-ɛ kòte de l'il pùr lui motre ma halùp. L'èya tire de l'ò sù lakêl
je la kosêrvè, je la mi-z a flò, e nù-z i atram tù dê. Vùaya k'il la
maniè-t avèk bòkù d'adrês e de fors, e k'il la fɛzê-t avase du dùbl
de se ke j'êtê kapabl de fèr. E bii, lui di'j, Vadrɛdi, nù-z a-n iro
nù he votr-ɛ nàsio? Ka je le vi tù stupefè par la krit ke la bark ne
fu tro fèbl pùr se vùayaj, je lui motre l'òtr ke j'avê kostruit òtrefùa,
e ki eta rêste a sêk pada vit trùà-z a, êtê fadu de tùt par e près-
k'atiêrma pùri. Il me fi-t atadr ke se bàtima serè gra de rèst pùr
pàse la mêr avèk tùt le provizio ki nù-z êtê nesesèr.

Detêrmine a egzekute mo desi, je lui di ke nù devio nù-z okupe-r a
a fêr u de sêt grader la pùr k'il pu s'a retùrne he lui. A sêt propòzisio
il bêsa la têt d'u-n èr for hagri sa ropodr u sel mò; e ka je lui
demade la rêzo de so silas, il me di d'u to lamatabl : Pùrkùa vù-z a
kolèr kotr-ɛ Vadrɛdi? Kùa mùa fèr kotr-ɛ vù? Je lui repodi k'il se
tropê e ke je n'êtê pùi du tù-t a kolèr. — Pùi kolèr? replika-t il, a
repeta pluzier fùa le mêm parol, pùi kolèr? Pùrkùa dok avùaye
Vadrɛdi òprè de ma nàsio? Kùa, di'j, ne m'ave vù pà di ke vù
sùètie-z i êtr? Ùi, reparti-t il, sùêtê tù dê la, no Vadrɛdi la, e pùi
mètr la. A-n u mò, je vi bii k'il ne sojè pùi-t a atrepradr le pàsaj sa
mùa.

Aprê l'avùar kèstione sur l'utilite d'u parêl vùayaj, il me repodi-t
avèk vivasite : Vù fèr gra bòkù bii; vù aseꞡe-r om sòvaj ètr om bo.

Malgre sê mark de so-n atahma pùr mùa, je fi sabla de kotinue
da mo desi de le ravùaye, se ki le dezèspera si for ke kùra-t a un
de me ah k'il portê d'ordinèr, il me la prezata a diza : Vù pradr, vù
tue Vadrɛdi, no avùaye Vadrɛdi he ma nàsio. Il pronosa sê mò lê-z
yê pli de larm, e d'un manièr si tùhat, ke je fu koviku de sa viv
tadrês, e ke je lui promi de ne le ravùaye jamê kotr-ɛ so gre.

Tù se ki portè mo sòvaj ò dezir de me mene-r avèk lui da sa patri, s'ètè so-n amùr pûr sè kupatriot-z òkèl il krùayè mè-z istruksio bii-n util. Pùr mùa, mè vu ètè d'un òtr-e natur; je ne sojè k'a rejùidr lè-z om, e, sa difere davataj, je me mi-z a hùazir u-n arbr ase for pùr a fèr u gra kanò propr a notr-e vùayaj. Il i a-n avè-t ase da l'il; mè je sùètè d'a trùve-r u ase prè de la mèr pûr pùvùar le lase sa bòkû de pèn, dè k'il serè trasforme a bark.

Mo sòvaj a trùva biitò u d'u bùà ki m'ètè-t ikonu, mè k'il konèsè propr a notr desi. Il ètè d'avi de le krèze-r a brula le dèda, mè-z aprè ke je lui u-z asegè l'uzaj dè kùi de fèr, il s'i pri-t adrùatma, e aprè-z u mùà d'u rud traval, il tèrmina so-n ùvraj. La bark ètè for propremà fèt, surtù ka, par le mùayi de nò ah, nù lui um done a dsor la form d'un veritabl halùp; asuit nù fum-z akor okupe un kizèn de jùr a la mètr a l'ò, ù nù la fim-z atre pè a pè par le mùayi de kèlke rùlò.

J'ètè surpri de vùar avèk kèl adrès mo sòvaj savè la manie e la tùrne, kèlke grad k'èl fu. Je lui demade si èl ètè-t ase fort pûr i azarde le pàsaj; il m'asura ke nù le pùvio mèm par u gra va. J'avè pùrta-t akor u desi ki lui ètè-t ikonu : s'ètè d'i ajùte-r u mâ, un vùal, un akr e u kàbl. Pùr sèt èfè, je-hùazi u jen sèdr for drùa e j'aplùaye Vadredi a l'abatr e a lui done la form nesesèr. Je fi mo-n afèr de la vùal; je savè k'il me rèstè-t u gra nobr de morsò de vièl vùal; mè kom je n'avè-z ete gèr sùagè de lè kosèrve pada vi-t siz a, je krègè k'il ne fus-t apsoluma pùri. J'a trùve pùrta dê labò pàsablema bo; je me mi-z a i travale, e aprè la fatig d'un kùtur log e penibl, fòt d'eguil, j'a fi-z un movèz vùal triagulèr, tèl k'o-n a-n aplùa d'ordinèr da lè halùp de nò vèsò; s'ètè sèl do la manevr m'ètè la plu familièr.

Je mi prè de dè mùà-z a drese mo mà e ma vùal, e a mètr la dèrnièr mi a tù se ki ètè nesesèr a ma bark; j'i ajùte un mizèn pûr ede le bâtima, a kà k'il fu tro-p aporte par la mare; e, ki plu-z è, j'atahe u gùvèrnal a la pùp; kùake je fus u-n ase movè harpatie, kom je savè l'utilite e mèm la nesesite de sèt piès, je travale avèk ta d'aplikàsio ke j'a vi-z a bù.

Il s'ajisè-t alor d'asegè la manevr a mo sòvaj; kar, kùak'il su parfètma koma fèr ale-r u kanò a fors de ram, il ètè for-t iğora da le manima d'un vûal e d'u gùvérnal. Il motrè-t u-n etonma-t inèksprimabl ka-t il me vûayè tùrne e vire ma bark a ma fatezi, ka-t il vûayè sê vûal haje de diréksio e s'afle du kòte ù je vùlè fèr kùr. Sepada-t u pê d'abitud lui radi tùt sê hòz familièr, e a pê de ta il devi-t u trè bo matlò; sepada-t il me fu-t iposibl de lui fèr kopradr l'uzaj de la bùsòl. Se n'ètè pà-z u gra maler, kar nù-z avio ràrma u ta kùvèr, e jamè de brùlar, de manièr ke la bùsol nù devnè-t ase-z inutil, puiske pada la nui nù pùvio vûar lè-z etùal e dekùvrir le kotina pada le jùr, èksèpte da lè sêzo pluvièz, epok a lakèl pèrson ne s'avizrè de mètr a mèr.

J'ètè-z alor atre da la vit sètièm ane de mo-n egzil da sèt il, kùake je ne puis gêr aple-r egzil lè trùà dèrnièr ù j'e jùi de la kopaği de mo fidèl sòvaj.

La sêzo dè plui survenu, je me vi-z oblije de garde la mèzo plus k'a d'òtr-e ta : j'avè deja pri mè mezur pùr mètr notr-e bàtima a surte, je l'avè fè-t atre da la petit bè do j'e parle pluzier fùa; je l'avè tire sur le rivaj pada la òt mare, e Vadredi lui avè krèze u peti hatie justema-t ase profo pùr pùvùar lui done-r òta d'ò k'il falè pùr le mètr a flò, e pada la bàs mare nù-z avio pri tùt lè prekòsio nesesèr pùr apehe l'ò de la mèr d'atre malgre nù da se hatie. Afi de le mètr a l'abri de la plui, nù le kùvrim d'u si gra nobr de brah d'arbr, k'u tùà de hòm n'è pà plu-z ipenetrabl. De sèt manièr nù-z atadim lè mùà de novabr e de desabr, da l'u dèkèl j'ètè detèrmine a azarde le pàsaj.

Mo dezir d'egzekute sèt atrepriz s'afèrmi-t avèk le retùr de la bèl sêzo, e j'ètè kotinuèlma-t okupe a tù prepare, prisipalma-t a rasable lè provizio nesesèr pùr notr-e vùayaj, èya desi de mètr a mèr da-z un kizèn de jùr. U mati, pada ke je travalè-z a sè preparatif, j'ordone a Vadredi d'ale sur le bor de la mèr pùr hèrhe kèlke tortu, do la priz nù-z ètè for-t agreabl, ta-t a kòz dè-z ê ke de la hèr mèm. Il n'i avè k'u moma k'il ètè sorti ka je le vi revnir a tùt jab, e vole par desu nò retrahma-z èksterier, kom si sè pie ne tùhè pà-z a tèr. Sa me done le ta de lui fèr dè kèstio, il se mi-t a krie : Ò mètr, mètr, ò dûler ! ò movê! — K'i a-t il, Vadredi? lui di'j. — ò, repodi-t il, la bà, u, dê, trûà kanò; u, dê, trûà. Je koklu de sa manièr de s'èksprime k'il devê-t i avûar si kanò; mê je trûve da la suit k'il n'i a-n avê ke trûà.

Je lui fi bûar u kû de rom pûr lui fortifie le ker. Je lui fi pradr mê dê fuzi de has, ke je harje de la plu gròs draje; je pri katr-e mûskê, da haku dèkòl je mi dê klû e si petit bal; je harje mê pistolò a proporsio; je mi-z a mo kòte u gra sâbr-e nu, e j'ordone a Vadredi de pradr sa ah.

M'eta prepare de sòt manièr, je pri-z un de mò lunèt, e je mote ò ò de la kolin pûr dekûvrir se ki se pàsê sur le rivaj. J'apèrsu biitò ke nò-z ènmi i èté-t ò nobr de vi-t e u, avèk trûà prizonie, k'il-z été venu a trûà kanò, e k'il-z avè desi de fèr u fèsti de triof dê kor de sò malerê.

J'opsèrve akor k'il-z êtê debarke, no da l'adrûa û Vadredi ler avê-t ehape, mê plu prê de ma petit bê, sur u rivaj trê bà, û u bûà-z êpê s'etadê prèske jusk'a la mèr. Sêt dekûvêrt m'anima d'u nûvô kûraj, e retûrna vêr Vadredi, je lui di ke j'êtè detèrmine a lê tue tûs s'il vûlê m'asiste-r avêk viger. Sa per eta-t alor pàse, e le rom êya mi so sa-k a mûvma, il paru pli de fê e repeta avêk u-n êr fêrm : Mûa, mûrir ka vû-z ordone mûrir.

Pûr mètr a profi se moma d'arder, je partaje lê-z arm-z atr-e nû ; je lui done u pistolò pûr mêtr a sa situr; je lui plase trûà fuzi sur l'epòl; j'a pri-z òta pûr mûa, e nû nû mim-z a marh. Ûtr mè-z arm, je m'êtê pûrvu d'un bûtêl de rom, e j'avè harje Vadredi d'u sak pli de pùdr e de bal. Le sel ordr k'il u-t a suivr êtê de marhe sur mê pà, de ne fèr òku mûvma, de ne pâ dir u mò sa mo komadma. Je hèrhe a mi drûat u detûr pûr pàse de l'òtr-e kôte de la bê, e pûr gàge le bûà, afi d'avûar lê kannibal a porte de fuzi ava k'il m'us dekûvêr. Je vi-z ezema-t a bû de trûve-r un têl rût par le mûayi de ma lunêt d'aproh.

J'atre da le bûà avêk tût la prekôsio e tû le silas posibl, êya Vadredi sur mê tras, e je m'avase jusk'a se k'il n'i u k'un petit pûit de bûà atr-e nû e lê sòvaj : apèrseva-t alor u-n arbr for-t èlve, j'apêl Vadredi

tù dùsma, e lui ordon de pèrse juske la pùr dekùvrir se ke lô sòvaj
fezô. Il obei e vi biitô me raporte k'o lô vûayô distiktema de sôt plas,
k'il-z ôtô tû-t òtûr de ler fê, se regala de la hèr de l'u de ler prizonie;
e k'a kêlke på de la il i a-n avô-t u-n òtr, gàrote e etadu sur le sâbl,
ki orô biitô le mêm sor; ke se dêrnie n'ôtô på de ler nàsio, mè-z u
dô-z om barbu ki ôtô-t arive da so pei avêk un halûp. Se rapor, e
surtû la partikularite du prizonie barbu, ranimêr tût ma furer; je
m'avase vèr l'arbr, e je vi klèrma-t u-n om bla kûhe sur le sâbl, lô
mi e lô pie gàrote; lè-z abi do je le vi kùvèr ne me lèsèr pà de dùt
ke se ne fu-t u-n Eropei.

Il i avê-t u-n òtr arbr revetu d'u peti buiso, plu prê de ler oribl-e
fêsti d'aviro sikat vèrj, ù je vi ke je lô-z orô a demi porte de fuzi.
Sêt dekùvèrt me dona ase de prudas pùr me metrize kêlke moma,
kûake ma raj fu mote ò plu ò degre, e, me glisa dèriêr kêlke brûsâl,
je parvi-z a sêt adrùa; j'i trûve un petit elevàsio d'û je dekùvri, a
katr-e vi vèrj de mûa, tû se ki se pâsô.

Je vi k'il n'i avê pà-z u-n ista-t a pêrdr : diz nef de sô barbar
ôtô-t asi-z a tèr, sere lô-z u kotr-e lô-z òtr, êya detahe dê d'atr è pùr
ler aporte-r aparama le pòvr-e kretii mabr a mabr. Il-z ôtô deja okupe
a lui delie lô pie, ka, me tûrna vèr Vadredi : Alo, lui di'j, sui mê-z
ordr-z egzaktema; fè presizema se ke tu me vèra fèr sa make da le
mûidr-e pûi. Il me le promi. Pòza-t a tèr u de mô mûskô e u de mô fuzi
de has, je le vi m'imite parfètma. Avêk mo-n òtr-e mûskô, je kûhe lô
sòvaj a jù, lui ordona d'a fèr òta. — È tu prô? lui di'j. — Ùi, repo-
di-t il, a mêm ta nû fim fê l'u-n e l'òtr.

Vadredi m'avê têlma surpàse a vize just, k'il a tua dê e a blesa
trùà, tadi ke je n'a blese ke dê e n'a tue k'u sel. O pê jujo si lô-z
òtr-z ôtô da-z un tèribl kostèrnàsio; tû sô ki n'avê pà-z ete blese se
levêr presipitama sa savûar de kêl kòte tûrne ler pà pùr evite-r u daje
do la sùrs ler ôtô-t ikonu. Vadredi sepada avê tûjùr lô-z yê fikse sur
mûa pùr opsèrve-r e imite mô mùvma. Aprè-z avûar vu l'êfê de nòtr-e
premiêr deharj, je jete mo mûskô pùr pradr le fuzi de has, e Vadredi
a fi de mêm. Il kûha a jù kom mûa. — È tu prô? lui demade'j akor,
e, dô k'il m'u repodu ûi : Fê dok, lui di'j, e a mêm ta nû tiram parmi

la trûp efreye. Kom nô-z arm-z ètè harje d'un draje grôs kom de petit bal de pistolè, il n'a tɔba ke dè; mê-z il i a-n avè ta de blese, ke nû lê vim kûrir la plupar sa e la tû kûvèr de sa, e k'u moma-t aprèz il a tɔba trûâ a demi mor.

Èya jete alor a têr nô-z arm deharje, je sezi mɔ segɔ mûskê e j'ordone a Vadredi de me suivr, se k'il fi-t avèk bôkû d'itrepidite. Nû sortim bruskema, e dè ke nû fum-z a dekûvêr, nû pûsâm-z u gra kri; asuit je me mi-z a kûrir de tût mê fors, ôta ke me le pêrmêtê le pûâ de mê-z arm, vêr la pòvr-e viktim, ki êtè-t etadu sur le sâbl atr-e le liê du fèsti e la mêr. Lè bûhe, ki alè-t egzèrse ler ar sur se malerê, l'avè-t abadone ô brui de notr-e premiêr deharj, e, prena la fuit avèk un têribl frêyer du kôte de la mêr, s'êtè jete da-z u de ler kanô, û il fur suivi par trûâ-z òtr. Je krie a Vadredi de kûrir de se kôte la e de tire desu. Il m'atadi, e s'eta-t avase sur ê d'un karatên de vèrj, il fi fè. Je m'imajine d'abor k'il lê-z avè tûs tue, lê vûaya tɔbe lè-z u sur lè-z òtr; mè j'a revi biitò trûâ sur pie.

Pada ke mɔ sôvaj s'atahê-t isi a la dèstruksiɔ de sê-z ênmi, je tire mɔ kûtô pûr kûpe lê lii du prizonie, e êya mi-z a libêrte sê pie-z e sê mi, je le plase sur sɔ sea, e je lui demade a portugê ki il êtê; il me repɔdi-t a lati kristiànus. Le vûaya si fèbl k'il avè de la pên a se tenir debû e a parle, je lui done ma bûtêl, e lui fi siḡ de bûar; il le fi-t e maja a-n ûtr u morsò de pi ke je lui avè done parêlma. Aprê-z avûar repri u pê sê-z êspri, il me fi-t atadr k'il êtê-t êspaḡol, e k'il m'avè tût lè-z obligàsiɔ-z imajinabl pûr l'imas sêrvis ke je venê de lui radr. Me sêrva de tû l'èspaḡol ke je pûvè rasable, je lui di : Nû parlerɔ-z un òtr-e fûa, mê-z a preza il fò kɔbatr; s'il vû rêst kêlke fors, prene se pistolè e sèt epe, e fêt-z a u bo-n uzaj. Il lê pri d'u-n êr rekonêsa, e il sablè ke sê-z arm lui radis tût sa viger. Il tɔba da le moma sur sê-z ênmi kom u furiê, e a-n u tûr de mi il a depeha dê-z a kû de sâbr. Il ê vrè k'il ne se defadê gèr. Sê barbar êtê si efreye du brui de nò fuzi, k'il se trûvè-t òsi pê a-n eta de sɔje-r a ler kɔsêrvâsiɔ, ke ler hêr avè-t ete pê kapabl de reziste-r a nò bal. Je m'a-n êtê bii-n apêrsu, lorske Vadredi avè fò fê sur sê ki êtè da la bark, kar lè-z u avè-t ete teraso par la per, òsi bii ke lè-z òtr par lê blesur.

Je tenê tûjûr mo dêrnie fuzi a la mi, sa le tire pûr n'êtr-ε pâ-z ô
depûrvu. S'êtê tû se ke j'avê pûr me defadr, êya done mo pistolê e
mo sàbr a l'Èspaḡol. J'ordone sepada a Vadredi de retûrne-r a l'arbr
û nû-z avio komase le koba, e d'i hêrhe nô-z arm deharje, se k'il ñ-t
avêk un grad rapidite. Pada ke je m'êtê mi-z a lê harje de nùvô, je
vi-z u koba trê-z aharne atr-ε l'Èspaḡol e u dê sôvaj ki l'avê-t atake
avêk u dê sàbr de bûà dêstine a le prive de la vi si je ne l'avê-z apehe.
L'Èspaḡol, ki bii ke fêbl, êtê-t ôsi brav e ôsi ardi k'il ê posibl de
l'êtr, avê deja kobatu le sôvaj pada kêlke ta, e lui avê fê dê blesur-z
a la têt, ka l'ôtr, l'êya sezi par le miliê du kor, le jêt a têr, e fê tû
sê-z efor pûr lui arahe mo-n epe. L'Èspaḡol ne pêrdi pà so sa frûa da
sêt okàzio; il kita sajma so sàbr; mi la mi a so pistolê e tua so-n
ênmi sur le ha. Vadredi, ki n'êtê plu-z a porte de resevûar mê-z ordr,
se vûaya-t a plèn libêrte, pûrsuivi lê-z ôtr sôvaj avêk sa ah, e aheva
d'abor trûà de sê ki avê-t ete jete a têr par nô deharj, e asuit tû sê
k'il pu-t atidr. De l'ôtr-ε kôte, l'Èspaḡol êya pri u dê fuzi, se mi-t a la
pûrsuit de dê-z ôtr k'il blesa tû dê; mê kom il n'avê pà la fors de
kûrir, il se sôvêr da le bûà û Vadredi a tua akor u; pûr le sego, ki
êtê d'un ajilite êkstrêm, il lui ehapa, s'eta jete a kor pêrdu da la mêr,
e êya gàḡe a la naj le kanô û il i avê trûà de sê kamarad; sê katr
fur lê sel ki se sôvêr de nô mi.

Il fezê fors de ram pûr se mêtr or de la porte de nô fuzi; e kûake
mo-n êsklàv ler tira akor dê-z û trûà kû, je n'a vi pà-z u motre k'il
a fu-t ati. Il sûêtê for ke nù prisio-z u dê kanô pûr ler done la has,
e se n'êtê pà sa rêzo, kar il êtê for-t a kridr, s'il-z ehapê, k'il ne ñs
le resi de ler trist avatur a ler kopatriot, e k'il ne revis-t avêk kêlke
satên de bark pûr nù-z akàble par ler nobr. J'i kosati dok. Je me jete
da-z u de ler kanô a komada-t a Vadredi de me suivr; mê je fu bii
surpri a-n i vûaya-t u trûàziêm prizonie, gàrote de la mêm maniêr
ke l'avê-t ete l'Èspaḡol, e prêske mor de per, n'êya pà su se do-t il
s'ajisê, kar il êtê têlma lie, k'il êtê or d'eta de leve la têt, e k'il lui
rêstê-t a pên u sùfl-e de vi.

Je me mi d'abor a kûpe lê kord ki l'ikomodê si for, e je m'eforse
de le sùlve; mê-z il n'avê pà la fors de se sùtnir ni de parle. Il jeta

selma dè kri sûr e lamatabl, krôg̱a sa̱ dût k'o̱ nɛ lɛ delia kɛ pûr lui
ôte la vi.

Dè kɛ Va̱drɛdi fu-t a̱tre da̱ la bark, jɛ lui di dɛ l'asure dɛ sa deli-
vra̱s, e dɛ lui done-r u̱ kû dɛ rom, sɛ ki, jûi̱-t a la bon nûvêl a lakêl
il nɛ s'ata̱dɛ̀ pà, lɛ fi rɛvivr e lui dona ase dɛ fors pûr sɛ mêtr sur so̱
sea̱.

Kêlkɛ-z i̱sta̱-z aprè kɛ Va̱drɛdi l'u regardɛ e l'u-t a̱ta̱du parlɛ, sɛ fu-t
u̱ spêktakl a tire dè larm dê-z yê dɛ l'om lɛ plu-z i̱sa̱sibl, dɛ lɛ vûar
a̱brase sɛ sôvaj, plɛre, rir, sôte, da̱se-r a l'a̱tùr. Pa̱da̱ kêlkɛ moma̱
il n'u pà la fors dɛ m'êksplike la kôz dɛ ta̱ dɛ mûvma̱-z opôze; mê-z
eta̱-t u̱ pê rɛvnu a lui, il mɛ di-t a̱fi̱ kɛ sɛ sôvaj êtè so̱ pêr.

Il m'ê-t i̱posibl d'êksprime jusk'a kêl pûi̱ jɛ fu tùbe dê traspor kɛ
l'amùr filial produizi da̱ lɛ kɛr dɛ sɛ pôvr-ɛ garso̱ a la vu dɛ so̱ pêr
delivre dè mi̱ dɛ sê bûrò : ta̱tô-t il a̱trè da̱ lɛ kanô, ta̱tô-t il a̱ sortè,
ta̱tò-t il i ra̱trè dɛ nûvô; il s'asêyê-t ôprè dɛ so̱ pêr, e pûr lɛ rehôfe
il lui tɛnê la têt sere ko̱tr-ɛ sa pûatrin; il lui prɛnê lê pie e lê mi̱,
redi par la fors do̱-t il-z avê-t ete lie, e il tàhê dɛ lê-z amolir a̱ lê
frota̱. Vûaya̱ kêl êtè so̱ desi̱, jɛ lui done dɛ mo̱ rom pûr ra̱dr sɛ frotma̱
plu-z util, sɛ ki fi bòkù dɛ bii̱ ô pòvr-ɛ vielar.

Sêt i̱sida̱ nù fi-t ûblie dɛ pûrsuivr lɛ kanò dê sôvaj, ki êtè deja or dɛ
notr-ɛ vu; sɛ fu-t u̱ boner pûr nù, kar dê-z er aprê, lorsk'il nɛ pûvê-t
a̱kor avûar fô lɛ kar du hemi̱, il s'êlva u̱ va̱ tèribl ki ko̱tinua pa̱da̱
tùt la nui, e kom il vɛnê du nor-d wêst, e k'il lɛr êtè ko̱trêr, il nɛ
mɛ paru g̱èr posibl alor k'il pus regàg̱e lɛr kôt.

Pùr rɛvnir a Va̱drɛdi, il êtè tèlma̱-t okupe ôtùr dɛ so̱ pêr, kɛ, pa̱da̱-t
ase lo̱ta̱, jɛ n'u pà lɛ kɛr dɛ lɛ retire dɛ la; mè ka̱ jɛ kru k'il avê
sufizama̱ satisfê sê tra̱spor, jɛ l'aple, il vi̱-t a mûa a̱ sôta̱, a̱ ria̱ e a̱
marka̱ la jûà la plu viv. Jɛ lui dema̱de s'il avê done du pi̱ a so̱ pêr.
No̱, di-t il, mûa vili̱ gûrma̱, maje tû mûa mêm. La desu jɛ lui done
u̱ gàtô d'orj kɛ j'avè da̱ ma poh; j'i ajùte u̱ kû dɛ rom pûr lui mêm.
Il n'i gùta pà, ala porte lɛ tù-t a so̱ pêr avêk un pûag̱e dɛ rêzi̱ sêk kɛ
jɛ lui avè done.

U̱ moma̱-t aprè jɛ lɛ vi sortir dɛ la bark e sɛ mêtr a kùrir vêr mo-n
abitàsio̱ avêk un têl rapidite, kɛ jɛ lɛ pêrdi dɛ vu a-n u-n i̱sta̱, kar

s'ètè l'om le plu-z ajil e le plu leje ke j'us vu de mè jûr. J'avè bò krie,
il n'atadè rii, mè-z aviro u kar d'er aprè, je le vi revnir avèk mùi de
vitès, parse k'il portè kèlke hòz : s'ètè-t u pò rapli d'ò frèh e kèlke
morsò de pi k'il me dona; ka-t a l'ò, il la porta a so pèr, aprè ke j'a-n
u bu pùr me dezaltere. Èl ranima atièrma le vielar, e lui fi plu de bii
ke la liker fort k'il avè priz, kar il mùrè de sùaf.

Ka-t il u bu, e ke je vi k'il i avè-t akor de l'ò de rèst, j'ordone a
Vadredi de la porte-r a l'Èspagol avèk u dò gàtò k'il ètè-t ale me
hèrhe. Selui si èkstrèmma fèbl, s'ètè kùhe sur l'èrb a l'obr d'u-n
arbr; il se releva neamùi pùr maje e pùr bùar, e je m'aprohe mùa
mèm pùr lui done-r un pùage de rèzi. Il me regarda d'u-n èr tadr e
pli de la plu viv rekonèsas; il avè si pè de fors, kùak'il u motre ta
de viger da le koba, k'il ne pùvè se tenir sur sè jab; il l'eseya dè-z
ù trùà fùa, mè-z a vi; sè pie, afle prodijièzma a fors d'avùar ete
gàrote, lui kòzè tro de dùler. Pùr le sùlaje, j'ordone a Vadredi de lè
lui frote-r avèk du rom, kom il avè fè-t a so pèr. Kùake mo sòvaj
s'akita de se devùar avèk afèksio, il ne pùvè s'apohe, de moma-t a
moma, de tùrne lè-z yè vèr so pèr pùr vùar s'il ètè tùjùr da le mèm
adrùa e da la mèm postur. Un fùa-z atr'òtr, ne le vùaya pà, il se lèv
avèk presipitàsio e kùr vèr lui. Dè k'il fu de retùr, je prie l'Èspagol
de sùfrir ke Vadredi l'èda a se leve e le koduizi vèr la bark pùr le
mene de la vèr mo-n abitàsio, ù j'orè de lui tù le sùi posibl. Mo sòvaj
n'atadi pà ke l'Èspagol fi le mùidr efor; kom il ètè-t òsi robust k'ajil,
il le harja sur sè-z epòl, le porta jusk'a la bark, e le fi-t asùar sur u
dè kòte du kanò prè de so pèr; pui sorta de la bark, il la las a l'ò, e
kùak'il fi-t u gra va, il lui fi loje le rivaj plu vit ke je n'ètè kapabl de
marhe. Aprè l'avùar fè-t atre da la bè, il se mi de nùvò a kùrir pùr
hèrhe l'òtr-e kanò dè sòvaj ki nù-z ètè rèste, e il i ariva avèk sèt bark
òsi vit ke j'i ètè venu par tèr. Il me fi pàse la bè, e asuit il ala ede nò
nùvò kopago a sortir du kanò ù il-z ètè; mè-z il ne se trùvè ni l'u
ni l'òtr a-n eta de marhe, de manièr ke Vadredi ne savè koma fèr.

Aprè-z avùar medite sur lè mùayi de remedie-r a sèt ikovenia, je prie
mo sòvaj de s'asùar e de se repòze, e je me mi-z a travale-r a un èspès
de litièr; nù lè-z i pòzam tù dè, e lè portam jusk'a notr-e retrahma.

Dé kɛ j'u loje mé dé nûvô kopaḡo, je soje a retablir lɛr fors par u bo repà. Je komade a Vadredi d'ale pradr parmi mo trûpô u hevrô d'u-n a. Je lɛ mi-z a piés, je lɛ fi-z etuve, e lɛr akomode u for bo pla û j'avé mi dɛ l'orj e du ri. Je porte lɛ tû a mé nûvô-z ôt, e éya sérvi, je me mi-z a tabl avék é, e lé regale e akûraje dɛ mo mié, me sérva de Vadredi kom dɛ mo-n itérprét, no selma-t ôpré dɛ so pér, mé-z akor ôpré dɛ l'Èspaḡol, ki parlé for bii la laḡ dé sôvaj.

Apré-z avûar dine, j'ordone a Vadredi de pradr u de nô kanô e d'ale hérhe nô-z arm-z a fé kɛ nû-z avio lese sur lɛ ha de batàl. Le jûr suiva, je lui di d'atere lé mor, ki eta-t ékspôze ô solél, nû-z oré biitô-t ikomode par lɛr movéz ôdɛr.

Je kru k'il été ta-z alor d'atre-r a kovérsàsio avék mé nûvô sujé. Je komase par lɛ pér dɛ Vadredi, a ki je demade se k'il pasé dé sôvaj ki s'été-t ehape, e si nû devio kridr lɛr retûr da sét il avék dé fors kapabl dɛ nû-z akàble. So satima fu k'il n'i avé-t ôkun aparas k'il-z us pu reziste-r a la tapét, e k'il devô-t avûar tûs peri, a mûi d'avûar ete porte du kôte du sud sur sértén kôt û il seré devore idubitablema. A l'egar dɛ se ki pûré-t arive-r a kà k'il-z us-t ete ase-z eré pûr regàḡe lɛr rivaj, il me di k'il lé krûayé si for-t efreye par la maniér do-t il-z avé-t ete atake, si etûrdi par lɛ brui e par lɛ fé dɛ nô-z arm, k'il ne makré pâ dɛ rakote-r a lɛr nàsio kɛ lɛr kopaḡo avé-t ete tue par la fûdr e par lɛ tonér, e kɛ lé dé-z énmi ki lɛr avé-t aparu été sa dût dé éspri desadu d'a ô pûr lé detruir. Il été kofirme da sét opinio, parse k'il avé-t atadu dir ô fuiyar k'il ne pûvé kopradr kɛ dé-z om pus sûfle fûdr, parle tonér e tue-r a un grad distas sa leve selma la mi; se ki été for rasura; neamûi je fu pada kélke ta da dé-z apreasio kotinuél ki m'oblijér a étr sur mé gard e a tenir tût mé trûp sû lé-z arm. Nû-z etio katr alor, e je n'oré pà kri d'afrote-r un satén de nô-z énmi a ràz kapaḡ.

Sepada, ne vûaya pà-z arive-r u sel kanô sur mo rivaj pada-t u-n ase lo ta, mé freyer s'apézér e je komase a delibere sur mo vûayaj vér lɛ kotina, û lɛ pér dɛ Vadredi m'asuré kɛ je seré bii resu par sa nàsio pûr l'amûr de lui.

L'egzekusio dɛ mo desi fu-t u pé suspadu par u-n atretii for serié

kɛ j'u avêk l'Èspaᵹol. Il m'apri k'il avê lese sur le kọtinạ sêz ôtr-ɛ
kretiị, tạ-t Èspaᵹol ke Portugê, ki, êyạ fê nofraj e s'etạ sôve sur sê
kôt, i vivê-t a la verite ạ pê-z avêk lê sôvaj, mê-z avê-t a pên ase de
supsistạs pûr nɛ pà mûrir de fị. Jɛ lui demạde tût lê partikularite de
lɛr vûayaj, e jɛ dekûvri k'il-z avê mọte ụ vêsô êspaᵹol venạ de Rio
de la Plata pûr porte dê pô-z a la Havan, e pûr i harje tût lê mar-
hạdiz Ɛropeên k'il-z i pûrê trûve; k'il-z avê sôve d'ụ-n ôtr vêsô sị
matlô portugê, mê k'il-z avê pêrdu ụ parêḻ nọbr dê lɛr, e kɛ, a
travêr un infinite de dạje, il-z êtê lọtạ rêste a dɛmi mor de fị sur le
rivaj dê kannibal, sezi dɛ la krịt d'êtr-ɛ devore ôsitô k'ọ lê-z orê-t
apêrsu.

Il mɛ rakọta ạkor k'il-z avê kêlke-z arm-z avêk ê, mê k'êl lɛr êtê-t
apsolumạ-t inutil, fôt dɛ bal-z e dɛ pûdr, dọ-t il n'avê sôve k'un trê
petit kạtite, ki fu kọsome dê lê premiêr jûr dɛ lɛr debarkemạ-t ạ-n
alạ-t a la has.

Mê, lui di'j, kɛ deviịdrê-t il-z a la fị? N'ọ-t il jamê forme lɛ desị
dɛ sɛ tire dɛ la? Il mɛ repọdi k'il-z i avê pạse plu d'un fûa, mê kɛ
n'êyạ ni vêsô ni lê-z ịstrumạ nesesêr pûr ạ kọstruir ụ, ni ôkun
provizịọ, il-z avê du i renọse.

Jɛ lui demạde dɛ kêl maniêr il krûayê k'il pus resevûar un propô-
zisịọ de ma par tạdạ-t a lɛr delivrạs, e s'il nɛ jujê pà k'êl serê-t eze
a egzekute si ọ pûvê lê fêr venir tûs dạ mo-n il. Mê, ajûte'j, jɛ vû-z
avû frạhmạ kɛ jɛ krị for kêlke traizọ dɛ lɛr par. Il mɛ repọdi-t avêk
ụ-n êr dɛ kạder kɛ sê-z ịfortune sạtê-t avêk tạ de vivasite tû sɛ k'il i
avê dɛ mizerabl dạ lɛr situàsịọ, k'il êtê sur k'il-z orê-t orrɛr dɛ la sɛl
pạse dɛ maltrete-r ụ-n om ki kọtriburê-t a lê-z ạ delivre. Si vû vûle,
pûrsuivi-t il, j'ire lê vûar avêk lɛ viê sôvaj, jɛ lɛr komunikre votr
ịtasịọ, e jɛ vû-z aportere lɛr repọs ; jɛ n'ạtrɛre pûi-t ạ trete avêk ê sạ
k'il m'asur dɛ lɛ garde par lê sêrmạ lê plu solanel. Jɛ vê stipule k'il
vû rɛkonêtrọ pûr lɛr komạdạ, e jɛ lɛr fɛre jure par lê sakrɛmạ e sur
l'Evạjil dɛ vû suivr dạ kêlkɛ pei kretiị kɛ vû trûvie-z a propô de lê
mɛne, e dɛ vû-z obeir egzaktemạ jusk'a's kɛ nû-z i sûayọ-z arive ; jɛ
pretạ mêm vû-z aporte-r ụ kọtra formêl siᵹe par tût la trûp.

Pûr me done plu de kọϐạs ạ lui, il mɛ propôza de me prete sêrmạ

lui mèm ava so depar, e il me jura k'il ne me kitrè jamè sa mô-z
ordr, e k'il me defadrè jusk'a la dêrnièr gùt de so sa, si sè kopatriot-z
êtè-t ase làh pùr make-r a ler promès da le mûidr-ε pùi. ò rêst, il
m'asura kε s'êtê tùs dε for-t onèt ja, k'il-z ètè-t akàble de tù lê mô-z
.imajinabl, denue d'arm-z e d'abi, e n'èya d'òtr-ε vivr kε sè ke ler
fùrnisê la pitie dè sôvaj, k'il-z êtê prive de tù-t èspùar de revnir jamè
da ler patri, e ke si je vùlê bii soje-r a finir lεr malεr, il-z êtê ja-z a
vivr e a mùrir avèk mùa.

Sor sè-z asuras, je rezolu fèrmema de travale-r a ler boner, e
d'avûaye pùr trete-r avèk è l'Èspaᵍol avèk le viê sôvaj. Mè ka tù fu
prè pùr le depar, mo-n Espaᵍol lui mèm me fi-t un difikulte û je trûve
ta de prudas ο de siserite, ke je fu trè satisfè de lui e ke je suivi le
kosèl k'il me dona de remètr sèt afèr a sik û si mùà de la.

Il i avè deja u mùà k'il ètè-t avèk nù, e je lui avè motre tùt mê
provizio asable avèk le sekùr de la Providas. Il koprenè parfètma bii
ke se ke j'avè-z amàse de ble e de ri, kùake sufiza de rêst pùr mùa
mèm, ne sufirè pà pùr ma nùvèl famil, a mùi d'un ekonomi egzakt,
bii lùi de pùvûar fùrnir ò bezùi de sè kamarad, ki ètè-t akor ò nobr
de sèz. D'aler, il a falè-t un bon katite pùr avitàle le vèsô ke je
vùlè kostruir. So-n avi fu dok de defrihe d'òtr-ε ha, d'i seme tù le
gri do je pùvè me pàse e d'atadr un nùvèl mùaso ava de fèr venir sè
kopatriot. La disèt, me di-t il, pùrè lê porte-r a la revolt, a ler feza
vùar k'il ne serè sorti d'u malεr ke pùr retobe da-z u-n òtr.

So kosèl me paru si rèzonabl, e j'i trùve ta de prev de sa fidelite
ke j'a fu harme, e ke je me detèrmine a le suivr. Nù nù mim tù katr
a labùre la tèr òta ke nò-z istruma de bùà pùvè nù le pèrmètr; e da
l'èspàs d'u mùà, le ta d'asmase lè tèr eta venu, nù-z a-n avio defrihe
ase pùr seme vi-t dè bùasô d'orj ο sèz jar de ri; s'ètè tù le gri ke nù
pùvio-z eparᵍe. A pên nù-z a rèsta-t il pùr vivr jusk'a la prohên
rekolt.

Eta-t alor ase for pùr ne rii kridr dè sôvaj, a mùi k'il ne vis-t a trê
gra nobr, nù nù promenio par tùt l'il, sa-z òkun ikietud; e kom nù-z
avio tùs l'èspri pli de notr-ε delivras, il m'êtè-t iposibl de ne pà soje-r
ò mùayi de l'èfèktue. Atr'òtr, je marke pluzier-z arbr ki me parèsè

propr-z a mê vu ; j'aplûaye Vadredi e so pêr a lê kûpe, e je ler done l'Èspaǥol pûr ispêkter. Je ler motre avêk kêl traval ifatigabl j'avê fê dê plah d'u-n arbr for-t êpê, e je ler rekomade d'ajir de mêm. Il me fir-t un dûzên de bon plah de hên d'a pê prê dê pie de larj, de trat sik de lo, e épês depui dê pûs jusk'a katr. O pê kopradr kêl pên il falê pûr a venir a bû.

Je sojê-z a mêm ta a ogmate mo trûpô : tatô j'alê-z a la has avêk Vadredi, tatô je l'avûaye-z avêk l'Èspaǥol, e de sêt maniêr nû-z atrapam vi-t dê hevrô ke nû jûaǥim-z a mo trûpô. Ka-t il nû-z arivê de tue-r un hêvr, nû ne makio jamê d'a kosêrve lê peti. La sêzo eta venu de kelir le rêzi, je fi sehe-r un si grad katite de grap, k'o-n orê pu a raplir plu de sûasat bari. Se frui fezê, avêk notr-e pi, un grad parti de nô-z alima.

S'êtê-t alor le ta de la mûaso, e notr-e gri sê trûvê-t a for bo-n eta, kûake j'us vu dê-z ane plu fêrtil da l'il. La rekolt fu pûrta-t ase bon pûr repodr a nô dezir : de vi-t dê bûasô d'orj ke nû-z avio seme, il nû-z a vi dê sa vi, e notr-e ri s'êtê multiplie a proporsio ; se ki êtê sufiza pûr nû e pûr lê-z ôt ke nû-z atadio jusk'a notr-e mûaso prohên, û bii, s'il s'ajisê de fêr le vûayaj projete, il i a-n avê-t ase pûr avitâle-r abodama notr-e vêsô, de kêlke kôte de l'Amerik ke nû vûlusio dirije notr-e kûrs.

Aprê-z avûar rekeli isi nô gri, nû nû mim-z a travale-r a-n ôzie, e a fêr katr-e gra pânie pûr lê-z i kosêrve. L'Èspaǥol êtê-t êkstrêmma-t abil a sê sort-e d'ûvraj, e il me blàmê sûva de n'avûar pâ-z aplûaye sêt ar a fêr mê-z aklô e mê retrahma ; mê par boner la hôz n'êtê plu nesesêr alor.

Tû sê preparatif-z aheve, je pêrmi-z a mo-n Espaǥol de pâse-r a têr fêrm, pûr ale retrûve sê kopatriot. Il parti-t avêk le pêr de Vadredi, da le mêm kanô ki avê sêrvi a lê-z amne sur le rivaj û il devê-t êtr-e devore par lê kannibal ler-z ênmi. Je ler done a haku u mûskê, e aviro ui harj de pûdr e dê bal, a ler ajûaǥa d'a-n êtr trê-z ekonom e de ne lê-z aplûaye ke da lê-z okâzio prêsat. Je done a-n ûtr a mê vûayajer un provizio de pi e de grap sêh pûr pluzier jûr e un ôtr provizio pûr ui jûr dêstine ô-z Èspaǥol ; je kovi-z akor avêk ê d'u siḡal k'il devê mêtr ô kanô a ler retûr pûr pûvûar le rekonêtr ava k'il-z abordas, e je ler sûete u-n erê vûayaj.

Il mir-t a mêr avèk u va frè, pada la plèn lun. S'êtê-t ô mûâ d'oktobr, selo mo kalkul; kar pûr u kot egzakt dê jûr, je ne pu jamê m'asure de l'avûar just, dê ke je l'u-z un fûa pèrdu; je n'êtê pâ tû-t a fê sur mêm d'avûar supute egzaktema lê-z ane, kûake da la suit je vi ke mo kalkul s'akordê parfètma-t avèk la verite.

J'avê deja atadu pada ui jûr le retûr de mê depute, ka-t u mati, lorske j'êtê-z akor profodema-t adormi, Vadredi aproba de mo li avèk presipitâsio a kria : Mètr! il so venu, il so venu!

Je me lêv, e m'eta-t abile, je me mê-z a travèrse mo bûâ, soja si pê ô mûidr-e daje, ke j'êtê sa-z arm kotr-e ma kûtum. Je fu bii surpri, a tûrna lê-z yê vèr la mèr, de vûar a un liê e demi de distas un halûp avèk un vûal triagulèr, feza kûr vêr mo-n il e pûse par u va favorabl. Je vi d'abor k'èl ne venê pà dirêktema du kôte opôze a mo rivaj, mê du kôte du sud. Je di-z a Vadredi de ne pà se done le mûidr-e mûvma, puiske se n'êtê pà sê la ke nû-z atadio, e ke nû ne pûvio savûar akor s'il-z êtê-t ami û ênmi.

Pûr a-n êtr-e miê-z eklèrsi, j'ale hêrhe ma lunêt d'aproh, e par le mûayi de mo-n ehèl, je mote ô ô du rohe kom j'avê kûtum de le fêr ka j'apreadê kèlk'evènma e ke je vûlê dekûvrir sa-z êtr-e dekûvêr mûa mêm.

A pèn avê'j mi le pie sur le ô de la kolin, ke je vi klêrma-t u vêsô a l'akr, a pê prè a dê liê-z e demi ô sud wèst de mo-n abitâsio, e je kru remarke, par la struktur de se bâtima, k'il êtê-t aglê ôsi bii ke la halûp.

Je ne sorê-z êksprime lê-z iprèsio kofuz ke sèt vu fi sur mo-n imajinàsio. Kûake ma jûâ de vûar u navir, do l'ekipaj devê-t êtr sa dût de ma nàsio, fu-t êkstrèm, je ne lese pà de satir kèlke mûvma sekrê do j'iḡorê la kòz, e ki m'ispirê de la sirkospèksio. Je ne pûvê kosevûar kèl-z afèr u vêsô aglê pûvê-t avûar da sèt parti du mod, puiske se n'êtê-t asurema la rût d'ôku dê pei û nû-z avio-z etabli notr-e komêrs; de plus, il n'i avê-t u ôkun tapêt kapabl de lê porte de se kôte malgre ê; par koseka, j'avê liê de krûar k'il n'avê pà de bo desi, e

k'il valê miê demere dā ma solitud ke de tǫbe-r atr-e lê mi de voler-z
e de mertrie.

Je ne m'êtê pà tenu lotạ dạ sêt postur sạ vûar klêrmạ-t aprohe la
halûp du rivaj, kom si êl hêrhê-t un bê pûr debarke komodemạ, mê
ne dekûvrạ pâ sêl dǫ j'e parle, il pûsêr ler halûp sur le sâbl, a ụ
demi kar de liê de mûa : j'ạ-n êtê ravi, kar òtremạ il-z orê debarke
presizemạ devạ ma port; il m'orê hase sạ dût de mǫ hàtò e orê pile
tû mǫ bii.

Lorsk'il fur sur le rivaj, je vi klêrmạ k'il-z êtê-t Aglê, ormi ụ-n û
dê, ke je pri pûr dê Oladê, mê ki pûrtạ ne l'êtê pà. Il-z êtê ǫz ạ tû,
mê-z il i ạ-n avê trûà sạ-z arm e gàrote, kom je kru m'ạ-n apêrsevûar.
Dê ke sik û sis d'atr'ê ur sôte sur le rivaj, il fir sortir lê-z òtr-e de
la halûp, kom dê prizonie : je lê vi leve kêlke fûa lê mi vêr le siêl e
parêsạ for-t aflije.

J'êtê dạ-z un grad isêrtitud sạ kǫsevûar se ke siḡifiê-t ụ parêl spêk-
takl. Vạdredi s'ekria : Ò mêtr, vû vûaye om-z Aglê mạje prizonie
òsi bii k'om sòvaj; vûaye ê lê vûlûar mạje. Nǫ, di'j, Vạdredi, je kri
selmạ k'il ne lê masakr, mê sûa sur k'il ne lê majrǫ pâ. Je trạblê
sepạdạ, e j'êtê penetre d'orrer a sêt vu; a hak momạ, je m'atạdê-z
a lê vûar asasine, je vi mêm un fûa ụ de sê selera leve-r ụ grạ sàbr
pûr frape-r ụ de sê malerê, e je kru ke je l'alê vûar tǫbe-r a têr, se
ki glasa tû mǫ sạ dạ mê vên.

Dạ sê sirkǫstạs, je regrete êkstrêmmạ mo-n Êspaḡol e mǫ viê sòvaj,
e je sùête for de pùvûar jûịdr-e sê-z idiḡ-z Aglê, sạ-z ạ-n êtr dekûvêr,
a la porte de fuzi pûr delivre lê prizonie, kar je ne ler vûayê pûị
d'arm-z a fê; mê-z il plu-t a la Providạs de me fêr reusir d'un òtr-e
maniêr.

Pạdạ ke sê-z isolạ matlò ròdê par tût l'il, kom s'il vûlê-t ale a la
dekûvêrt du pei, j'opsêrve ke lê trûà prizonie êtê-t ạ libêrte d'ale-r
û il vûlê; mê-z il n'ạ-n ur pà le kûraj; il s'asir-t a têr d'ụ-n êr pạsif
e dezêspere.

Ler trist kǫtnạs me fi sùvnir de sêl ke j'avê-z u òtrefûa ạ-n abordạ
le mêm rivaj.

La mare êtê justemạ-t ò plu ò kạ sê jạ-z êtê venu a têr; parti ạ parla-t a ler prizonie, parti a ròda par tû lè kùi de l'il, il s'ètè-t amuze jusk'a se ke la mèr, s'eta retire par le reflu, u lese ler halùp a sèk. Il i rèstê dê-z om ki, a fors de bûar de l'ò de vi, s'ètê-t adormi, sepada l'u s'evela plu tò ke so kamarad, e trûva la halùp tro-p afose da le sàbl pûr l'a tire tû sel, fi-t aprohe lê-z òtr par sè kri; mé-z il n'ur pà-z ase de fors tûs asabl pûr la tire de la parse k'èl ètè-t èkstrèmma pezat, e ke de se kòte le rivaj n'êtê gèr k'u sàbl-e mûva.

Vûaya sèt difikulte, kom de veritabl-e ja de mèr, s'ê-t a dir lê plu-z isùsia de tû lê-z om, il rezolur de n'i plu soje, e il se mir-t a parkùrir l'il. J'a-n atadi u ki aplê-t u de sê kamarad pûr le fêr venir a têr : E Ja, lui kriè-t il, lès la a repò; la mare prohèn la remêtra bii-n a flò. Se diskùr me kofirma akor da l'opinio k'il-z ètê mê kopatriot.

Pada tû se ta, je me ti da l'asit de mo hàtò, sa-z ale plu lùi ke mo-n opsèrvatûar, e je m'èstime trê-z erê d'avûar u la prudas de fortifie si bii mo-n abitàsio : je savê ke la halùp ne pûvê-t êtr a flò ava diz êr du sùar, k'alor-z il ferè-t opskur, e ke je pûrê-z a tùt surte atadr-e ler diskùr.

A-n atada, je me prepare pûr le koba, mê-z avèk plu de prekòsio ke jamè, pèrsuade ke j'orê-z a kobatr bòkû plu d'ênmi ke par le pàse. J'ordone a Vadredi d'a fêr de mêm, e je m'a promêtê de gra sekùr parsk'il tirè-t avèk un justès etonat. Je lui done trûà mûskê, e je pri mûa mêm dê fuzi. Ma figur ètè-t efrùayabl; j'avê sur la têt mo têribl-e bonê de pò de hèvr; a mo kòte, padê mo sàbr-e nu, e je portê dê pistolè-z a ma situr e u fuzi sur hak epòl.

Mo desi ètò de ne rii-n atrepradr ava la nui; mê sur lê dê-z er, ò plu hò du jùr, je trûve k'il-z ètè-t ale tûs da lê bûà, aparama pûr s'i repòze; e kùake lê prizonie ne fus pà-z a-n eta de dormir, je lê vi kùhe a l'obr-e d'u gra-t arbr tû prê de mûa e or de la vu dè-z òtr.

La desu je rezolu de me dekùvri-r a ê pûr êtr istrui de ler situàsio, e òsitò je me mi-z a marh. Vadredi me suivê d'ase lùi, arme d'un manièr òsi formidabl ke mûa, mê ne resabla pà-z òta-t a u spèktr.

Aprê ke je me fu-z aprohe dê prizonie òta k'il me fu posibl sa-z òtr-e dekùvèr, je ler di-z a-n èspagol d'u to èlve : — Ki èt vû, Mèsiê ? Il ne repodir rii, e je lê vi sur le pùi de s'afuir ka je me mi-z a ler parle-r aglè. — Mèsiê, ler di'j, n'eye pà per, pɛ-t ètr ave vù trùve isi u-n ami sa vù-z i atadr. — Il sɛrè dok u-n ètr avùaye du siɛl, repodi-t u d'atr'ɛ d'un manièr grav e lɛ hapò a la mi, kar nò malɛr so-t ò dɛsu dɛ tù sɛkùr umi. — Tù sɛkùr è du siɛl, mɛsiê, lui di'j, mè nɛ vùdrie vù pà-z aseǧe-r a u-n ɛtrajɛ lɛ mùayi dɛ vù sɛkùrir? kar vù parɛsɛ-z akàble d'un grad afliksio; jɛ vù-z e vu debarke, e ka vù vù-z èt-z atrɛtnu avɛk lè selɛra ki vù-z o kodui-z isi, j'a-n e vu u tire lɛ sàbr kom s'il u vùlu vù tue.

Lɛ pòvr om, trabla o lê-z yè pli dɛ larm, mɛ reparti d'u-n èr ɛtone : — Parle'j a u-n om, a Diê, ù a u-n aj? — Trakilize vù, mɛsiê, lui di'j, si Diê avè-t avùaye u-n aj a votr sɛkùr, il parêtrê-t a vò-z yè sù dɛ·mèlɛr-z abi e avɛk d'òtr-z arm. Jɛ sui reɛlma-t u-n om, jɛ sui mèm u-n Aglè, e tù dispòze a vù radr-ɛ sêrvis. Jɛ n'e avɛk mùa k'u-n êsklàv; mè nù-z avo dè-z arm-z e dè munisio; dit librema si nù pûro vù radr-ɛ sêrvis, e êksplike mùa la natur dɛ vô malɛr.

— Elàs! Mesiê, di-t il, lɛ resi a sɛrè trò lo pùr vù-z êtr-ɛ fê pada kɛ nò-z ênmi so si proh; il sufira dɛ vù dir kɛ j'ètê komada du vêsô kɛ vù vùaye; mè matlò sɛ so revolte kotr-ɛ mùa, pê s'a fò k'il nɛ m'ê masakre; mê, sɛ ki vò prɛsk'òta, il vɛl m'abadone da sɛ dezèr avêk sê dê-z om, do l'u è mo kotr-ɛ mêtr e l'òtr u pàsaje. Nù nù som-z atadu a perir isi da pê dɛ jùr, krùaya l'il inabite, e nù nɛ som pà-z akor rasure.

— Mè, lui di'j, kɛ so dɛvnu vô rɛbêl? — Lè vùala kùhe, repodi-t il a motra du dùa un tùf d'arbr for-t èpês; jɛ trabl-ɛ dɛ per k'il nɛ nù-z ê-t atadu parle; kar il è sêrti k'il nù masakrɛrè tùs.

Jɛ lui demade si lè muti posèdê dê-z arm-z a fê, e j'apri k'il n'avê-t avɛk ê kɛ dê fuzi, do-t u ètê rèste da la halùp. Lese mùa dok fèr, lui repodi'j; il so tù-z adormi; rii n'ê plu-z eze kɛ dɛ lê tue a mùi kɛ vù n'emie miê lê fèr prizonie. Alor il mɛ kota k'il i avè parmi ê dê selera do-t o nɛ pùvè rii-n èspere dɛ bo; e kɛ si o mètê sê la or d'eta dɛ nuir, il krùayè kɛ lɛ rèst retùrnerè fasilma-t a so devùar; il ajùta k'il nɛ pùvè mɛ lê-z idike dɛ si lùi, e k'il ètê prê-t a suivr-ɛ mè-z ordr-z a tù. — E bii, di'j, komaso par nù tire d'isi, dɛ per k'il nɛ

nû-z apèrsûav-t a̱ s'evela̱ , e suive mûa vèr u̱ liê û nû pùro̱ delibere-r
a lûazir.

Aprê ke nû nû fum mi-z a kûvèr da̱ le bûà : — Mesiê , lui di'j , je
vê azarde tû pûr votr-ε delivra̱s , pùrvu ke vû m'akordie dê ko̱disio̱.
Il m'i̱tero̱pi pûr m'asure ke si je lui ra̱dè sa libêrte e so̱ vêsô , il
aplûarê l'un e l'òtr a me temûaḡe sa rekonêsa̱s , e ke , si je ne pûvê
lui ra̱dr-ε ke la mûatie de se sêrvis , il êtê rezolu de vivr û de mûrir
avèk mûa da̱ kèlke parti du mo̱d ke je vùlus le ko̱duir. Sê dê ko̱paḡo̱
me donêr lê mêm-z asura̱s. — Ekûte mè ko̱disio̱, ler di'j : 1° pa̱da̱ ke
vû sere da̱ sêt il avèk mûa, vû reno̱sre a tût sort d'otorite, e, si je
vû mè lè-z arm-z a̱ mi̱, vû me lê ra̱dre dè ke je le trûvre bo̱; vû
sere-z atièrma̱ sûmi-z a mè-z ordr, sa so̱je jamè-z a me kôze le mûi̱dr-e
prejudis; 2° si nû reusiso̱-z a repra̱dr le vêsô, vû me menre-z a̱-n
A̱gletèr avèk mo-n èsklàv, sa̱ ri̱ dema̱de pûr le pàsaj. Il me le promi
avèk lè-z èksprêsio̱ lè plu fort k'u̱ ker rekonêsa̱ puis dikte.

Je ler done alor trûà mûskè avèk dè bal e de la pûdr, e je dema̱de
ò kapitên de kèl maniêr il jujê-t a propò de dirije sêt a̱trepriz. Il me
temûaḡa tût la gratitud imajinabl, e me di k'il se ko̱ta̱trê de suivr
egzaktema̱ mè-z ordr, e k'il me lèsê-t avèk plezir tùt la ko̱duit de
l'afèr. Je lui repo̱di k'êl me parêsê-t ase-z epinêz, ke sepa̱da̱ le me̱ler
parti êtê , selo̱ mûa, de fêr fè sur ê a̱ mêm ta̱ pa̱da̱ k'il-z êtê kûhe, e
ke si kèlk'u̱, ehapa̱t a notr-ε premiêr deharj, vûlê se ra̱dr, nù pûrio̱
lui sôve la vi.

Il me replika, avèk bòkû de moderàsio̱, k'il serê fàhe de lê tue,
s'il i avê mûayi̱ de fêr òtrema̱; mè pûr lê dê selera-z i̱korijibl do̱ je
vû-z e parle, ko̱tinua-t il, ki o̱-t ete lè-z ôter de la revolt, s'il nû-z
ehap, nù som pèrdu-z a kû sur, il-z amênro̱ tû l'ekipaj pûr nù detruir.

Il fò do̱k, reparti'j, s'a̱ tenir a mo̱ premie-r avi; un nesesite apsolu
ra̱ l'aksio̱ lejitim. Sepa̱da̱, lui vûaya̱ tùjûr de l'avèrsio̱ pûr repa̱dr
ta̱ de sa̱, je lui di de pra̱dr-ε lê deva̱ avèk sè ko̱paḡo̱ e d'ajir selo̱ lê
sirko̱sta̱s.

Ò miliê de sêt a̱treti̱, nû vim dê dè muti̱ se leve e se retire; je
dema̱de ò kapitên si s'êtê lè hèf de la rebêlio̱. Il me di ke no̱; e bi̱i̱
do̱k, lui di'j, lêso̱ lè s'ehape, puiske la Provida̱s sa̱bl-e lê-z avûar

evele-z èksprè pùr lɛr sòve la vi ; ka-t ò-z òtr , s'il nɛ sọ pà-z a vû ,
s'ò votr-ɛ fòt.

Anime par sè parol, il s'avɑs u mûskè-t ò bra, e u pistolò-t a la
situr, presede dɛ sè dè kopagọ ; lɛ brui de lɛr aproh evel u dè muti
ki sɛ mè-t a krie pùr evele sè kamarad ; mè-z ạ mèm tạ le kotr-ɛ
mètr e le pàsajɛ fọ fè tù dè, e vizạ-t avèk tùt la justès posibl lè hèf
dè muti, ạ tù u sur la plas. L'òtr, dajrêzmạ blese, kri ò sɛkùr; lɛ
kapitèn, ki avè prudamạ garde sọ kù, le jùi, lui di k'il n'è plu tạ de
demạde du sɛkùr, k'il n'a plu k'a prie Diê de lui pardone sa traizọ,
e l'asom òsitò d'u kù de kros de fuzi.

Il ạ rêstò-t ạkor trùà, dọ l'u êtê lejêrmạ blese ; mè me vûaya-t
arive, e sạtạ k'il lɛr êtè-t iposibl de reziste, il demạdèr kartie. Le
kapitèn i kọsati, a kọdisiọ k'il lui prùvrè l'orrer k'il devê-t avûar de
lɛr krim, a l'èdạ fidèlmạ-t a rɛkùvre sọ vèsò, e a le ramne-r a la
Jamaik d'ù il venê. Il lui donêr tùt lê-z asurạs de repạtir e de bon
volọte k'il pùvè dezire, e il rezolu de lɛr sòve la vi, sɛ ke je ne deza-
prùve pà ; je l'oblije sɛlmạ-t a lè garde pie-z e pùi lie tạ k'il serê dạ
l'il.

Sur sê-z ạtrefèt, j'avûaye Vadredi e le kotr-ɛ mètr vêr la halûp,
avèk ordr d'ạ-n òte lè ram-z e lè vùal. Lè trùà matlò ki s'êtê-t ekarte
de la trûp, revir-t ò brui dè mûskè, e vûayạ lɛr kapitèn, de lɛr
prizonie devnu lɛr vikɛr, il sɛ sûmir-t a lui e kọsatir-t a sɛ lese gàrote
kom lê-z òtr.

Vûaya-t alor tù nò-z ênmi or de kọba, j'u le tạ de fèr ò kapitèn
le resi de mê-z avạtur. Pui je le kọduizi avèk sè dè kopagọ dạ mọ
hàtò ; je lɛr done tù lè rafrehismạ ke j'êtè-z ạ-n eta de lɛr fùrnir, e je
lɛr motre tùt mê-z ivasiọ depui mo-n arive dạ l'il.

Nù sọjam-z ạsuit ò mûayi de nù rạdr-ɛ mètr du vèsò. Le kapitèn
m'avûa k'il ne vûayè pà kèl mezur il avè-t a prạdr. Il i a ạkor, di-t
il, vi-t siz om a bor. Saha ke, par lɛr kọspiràsiọ, il-z ọ merite de
pêrdr-ɛ la vi, il s'i opiniàtrerọ par dezèspùar, kar il sọ tùs pèrsuade
sa dùt k'a kà k'il sɛ rạd il serọ pạdu dè k'il-z arivrọ-t ạ-n Ạgletêr ù
dạ kèlkɛ koloni de la nàsiọ. Kèl ê dọk le mûayi de sọje-r a lê-z atakɛ
avèk u nobr si for-t iferiɛr ò lɛr ?

Je ne trûve se rezonma ke tro just, e je vi k'il n'i avê rii-n a fêr, sino de tadr kêlke piêj a l'ekipaj, e de l'apche-r ô mûi de debarke e de nû detruir. J'êtê sur k'a pê de ta lê ja du vêsô, etone du retar de ler kamarad, mêtrê ler ôtr-e halûp a mêr pûr venir vûar se k'il-z êtê devnu, e je krêgê for k'il ne vis-t arme a tro gra nobr pûr ke nû pusio ler reziste.

Je di-z ô kapitên ke la premiêr hôz ke nû-z usio-z a fêr, s'êtê de kûle la halûp a fo, afi k'il ne pus l'amne, se k'il aprûva.

Nû mim-z ôsitô la mi a l'evr, a komasa par ôte tû se ki i rêstê, s'ê-t a dir un bûtêl d'ô de vi, e un ôtr plên de rom, kêlke biskui, u kornê rapli de pûdr, e u pi de sukr d'aviro si livr, avlope d'un piês de kanvà. L'ô de vi e le sukr me fur trê-z agreabl, kar j'avê prêsk'u le ta d'a-n ûblie le gû.

Aprè-z avûar porte sê-z objê a têr, nû fim-z u gra trû ô fo de la halûp. A dir la verite, je ne pasê gêr scriêzma-t a rekûvre le vêsô; ma sel vu êtê, a kà k'il partis-t a nû lèsa la halûp, de la repare, e de la mêtr a-n eta de nû mene vêr mê-z ami lê-z Èspagol, do je n'avê pà pêrdu l'ide.

No kota d'avûar fê-t a la halûp u trû ase gra pûr k'il ne fu pà posibl de le bûhe-r a pê de ta, nû mim tût nô fors a la pûse-r ase-z ava sur le rivaj, afi ke la mare mêm ne pu la mêtr a flô. Ô miliê de sêt okupàsio penibl, nû-z atadim-z u kû de kano, e nû vim-z a mêm ta sur le vêsô le sigal ordinêr pûr fêr venir la halûp a bor; mê, il-z avê bô multiplie lê sigô e redûble ler kû de kano, la halûp n'avê gard d'obeir.

Da le mêm ista nû lê vim, par le mûayi de nô lunêt, mêtr ler ôtr-e halûp a mêr, e se dirije vêr le rivaj a fors de ram; ka-t il fur-t a la porte de notr-e vu, nû-z apêrsum distiktema k'il-z êtê-t ô nobr-e de dis, e k'il-z avê dê-z arm-z a fê. Nû pum distige jusk'ô trê de ler vizaj pada-t ase lota, parsk'êya derive par la mare, il fur-t oblije de suivr le rivaj pûr debarke da le mêm adrûa û avê-t aborde la premiêr halûp.

De sêt maniêr, le kapitên pûvê lê-z egzamine-r a lûazir; il n'i maka pà, e il me di k'il vûayê parmi è trûà for brav garso, e k'il êtê sur ke lè-z òtr lè-z avè-t atrene par fors da la kospiràsio; mè ke pùr le bosma ki komadè la halùp e pùr lè-z òtr, s'ètè lè plu gra selera de tù l'ekipaj, ki n'orè gard de se deziste de ler atrepriz, e k'il krēgè bii k'il ne fus tro for pùr nù. — Èyo bo kûraj, lui repodi'j.

A la premièr aparas de la halùp ki venè-t a nù, nù-z avio deja soje a separe nô prizonie e a lè mètr a liè sur.

Il i a-n avè dè do le kapitèn ètè mûi-z asure ke dè-z òtr; je lè-z avè fè koduir par Vadredi e par u kopago du kapitèn da ma grot, û il ler serè-t iposibl de se fèr vùar, de se fèr atadr, e de trûve le hemi ò travèr dè bûà, ka mèm il parviidrè-t a se debarase de ler lii. Je ler avè done kèlke provizio, a lè-z asura ke s'il se tenè-t a repò, je lè remètrè da kèlke jùr a plèn liberte; mè ke s'il fezè la mûidr-e tatativ pùr se sòve, il n'i orè pùi de kartie pùr ê. Il me promir de sùfrir ler prizo pasiama, e il me markêr-t un viv rekonèsas de la bote ke j'avè de ler done dè provizio e de la lumièr, kar Vadredi ler avè lese kèlke hadèl; il s'imajinè k'il devè rèste-r a satinèl deva la grot.

Nò-z òtr-e prizonie se trûvè plu-z erê; a la verite, nù-z a-n avio gârote dè ki ètè-t akor suspèkt, mè pùr lè dè-z òtr, je lè-z avè pri a mo sèrvis, a la rekomadàsio du kapitèn, e sur ler sèrma solanèl de nù-z ètr-e fidèl jusk'a la mor. De sèt manièr, nù-z etio sèt bii-n arme, e j'ètè pêrsuade ke nù-z etio-z a-n eta de venir a bû de nò-z ènmi, surtù-t a kòz dè-z onèt ja ke le kapitèn m'asurè-t avùar dekûvèr parmi ê.

Dè k'il fur debarke, il pûsèr ler halùp sur le sàbl, e la tirè-t aprè-z ê sur le rivaj, se ki me fi plezir; kar je krēgè k'il ne la lêsas-t a l'akr, a kèlke distas, avèk kèlke-z u d'atr ê pùr la garde, e k'isi il nù fu-t iposibl de nù-z a sezir.

La premièr hòz k'il fir fu de kûrir vèr la halùp ehûe, e nù nù-z apersum-z ezema de ler surpriz a la vùaya pèrse par le fo e depûle de sè-z agrê. U moma-t aprè, il pûsèr tû-z a mèm ta dè-z ù trûà gra kri pùr se fèr atadr de ler kopago; mè, vùaya ke s'ètè pèn pèrdu, il se mir-t a sèrkl, e fir-t un deharj jeneral de ler-z arm, do le brui fi retatir tù le bûà : nù-z etio bii sur ke lè prizonie de là grot ne l'atadrê pà, e ke sê ke nù gardio nù mêm n'avê pà le kûraj d'i repodr.

Lê rebêl, ne reseva pà le mûidr-e siğ de vi de la par de ler kopağo, êtê da-z un têl surpriz, k'il prir la rezolusio de retûrne-r a bor du vêsô pûr i rakote ke l'êskif êtê kûle a fo, e ke ler kamarad devê-t êtr-e masakre ; ôsi lê-z apêrsum nù lase ler halûp a mêr e i atre tûs.

A pèn avê-t il kite le rivaj, ke nù lê vim revnir, aprê-z avûar delibere aparama sur kêlke nûvêl mezur pûr trûve ler kopağo. Il a rêsta trûà da la halûp, e lê-z ôtr-z atrêr da le pei pûr ale-r a la dekûvêrt.

Je kosidêrê le parti k'il venê de pradr kom u gra-t ikovenia pûr nù ; a vi nù radrio nù mêtr de sê ki êtê-t a têr si la halûp nù-z ehapê ; kar sê ki rêstê deda orê regâğe sêrtênma ler navir, ki n'orê pà make de fêr vûal, se ki nù-z u-t ôte tût posibilite de le rekûvre.

Sepada le mal êtê sa remêd, d'ôta plu ke nù vim la bark s'elûağe du rivaj, e jete l'akr a kêlke distas de la. Tû se ki nù rêstê-t a fêr, s'êtê d'atadr l'evênma.

Lê sêt ki êtê debarke se tenê sere a marha de fro du kôte de la kolin sû lakêl êtê mo-n abitâsio, e nù pûvio lê vûar klêrma sa-z êtr apêrsu ; nù sûêtio bii k'il-z aprohas davataj, afi de fêr fê sur ê û bii k'il s'elûağas pûr ke nù pusio sortir de notr retrêt sa-z êtr-e dekûvêr.

Ka-t il fur-t ô ô de la kolin, d'û il pûvê dekûvrir un grad parti dê bûà e dê vale de l'il, surtû du kôte du nor-d êst, û le teri êtê le plu bà, il se mir de nûvô a krie jusk'a n'a pûvûar plu, e, n'oza sa dût se azarde-r a penetre da le pei plu-z ava, il s'asir pûr kosulte-r asabl. S'il-z avê trûve bo de s'adormir, kom avê fê le premie parti ke nù-z avio defê, il nù-z ôrê radu u gra sêrvis ; mê-z il-z êtê tro rapli de frêyer pûr le riske, kûak'asurema il n'us-t ôkun ide du daje ki lê menasê.

Le kapitên, krûaya devine le sujê de ler deliberâsio, e, s'imajina k'il-z alê riske-r un segod deharj pûr se fêr atadr de ler kamarad, me propôza de tobe sur ê tûs a la fûa dê k'il-z orê tire, e de lê forse-r a se radr sa repadr-e de sa. Je gûte for se kosêl, pûrvu k'il fu-t egzekute avêk justès e ke nù fusio-z ase prê d'ê pûr k'il n'us pà le ta de reharje ler-z arm.

Mè se desi s'evanûi fòt d'okàziọ, e nù fum fọr lọtạ sạ savûar kèl parti prạdr. Afị, je di k'il n'i avè riị-n a fèr avạ la nui, e ke si alor il n'ètè pà rạbarke, nù pûriọ trûve le mûayị d'atire-r a tèr sè ki ètè dạ la halûp, e ạsuit de lè-z atake e de lè vịkr.

Aprè-z avûar atạdu lọtạ le rezulta de lạr deliberàsiọ, nù lè vim-z a notr-ε grạ regrè, se leve e marhe vèr la mèr; il-z avè-t aparamạ un ide si afrèz dè daje ki lè-z atạdè dạ sèt ạdrûa, k'il-z ètè rezolu, kọtạ lạr kopaḡọ pèrdu sạ resûrs, de retûrne-r a bor du vèsò, e de pûrsuivr lạr vûayaj. Le kạpitèn, vûayạ k'il s'ạ retûrne serièzmạ, ạ-n ètè-t ô dezèspûar; mè je m'avize d'ụ stratajèm pûr lè fèr revnir sur lạr pà, e le suksè repọdi-t a mè vu.

J'ordone ô kôtr-ε mètr e a Vạdredi de pàse la petit bè du kôte de l'wèst, vèr l'ạdrûa û j'avè sòve le dèrnie de la furer de sè-z ènmi; je lạr rekomạde k'òsitò k'il serè parvenu a kèlke kolin, il se mis-t a krie de tùt lạr fors; k'il rèstas la jusk'a se k'il fus-t asure d'avûar ete ạtạdu par lè matlò, e k'il pùsas-t ụ nûvò kri dè ke lè-z ôtr lạr orè repọdu; k'ạsuit, se tenạ tûjûr or de la vu de sè jạ, il tûrnas-t ạ sèrkl, ạ kọtinuạ de pùse dè kri de hak kolin k'il rạkọtrerè, afị de lè-z atire par la biị-n avạ dạ lè bûà, e k'afị il revịs-t a mûa par lè hemị ke je lạr ịdikè.

Lè rebèl mètè justemạ le pie dạ la halûp kạ lè nòtr pùsèr le premie kri. Il l'ạtạdir d'abor, e kûrạ vèr le rivaj du kôte de l'wèst, d'û il-z avè-t ạtạdu la vûa, il fur-t arete par la bè, k'il lạr fu-t ịposibl de pàse a kôz de la ôter dè-z ò, se ki lè porta a i fèr venir la halûp, kom je l'avè prevu.

Kạ-t èl lè-z u mi de l'ôtr-ε kôte, j'opsèrve k'il la fezè mọte plu ò dạ la bè, kom dạ-z un bon rad, e k'ụ dè matlò ạ sortè, n'i lèsạ ke dè de sè kopaḡọ, ki atahèr la bark ò trọ d'ụ-n arbr.

S'ètè justemạ se ke je sùètè, e lèsạ Vạdredi e le kọtr-ε mètr egzekute trạkilmạ mè-z ordr, je pri è-z ôtr-z avèk mûa, e fezạ-t ụ detûr pûr venir de l'ôtr-ε kôte de la bè, nù surprim sè de la halûp a l'ịprovist. L'ụ i ètè rèste; nù trûvam l'ôtr-ε kùhe sur le sàbl; le kapitèn ki ètè le plu-z avạse, sòta sur luị, lui kàsa la tèt d'ụ kù de kros, e kria ạsuit a selui ki ètè dạ l'èskif de se rạdr, û k'il ètè mor. Il ne falu pà bòkû de pèn pùr l'i rezùdr; il se vùayè-t arete par sik om, e d'alɛr s'ètè-t u de sè do le kapitèn m'avè di du bii, òsi ne se radi-t il pà selma, mè-z akor il s'agaja avèk nù e nù sèrvi trè fidèlma.

Pada se ta, Vadredi e le kotr-ɛ mètr raplir si bii lɛr misio, k'a kria e a repoda-t ò kri dè muti, il lè menèr de kolin a kolin, jusk'a se k'il fus sur lè da. Il ne lè lèsèr-t a repò k'aprè lè-z avùar atire ase-z ava da lè bùà pùr k'il ne pus regàḡe lɛr halùp ava k'il fi tù-t a fè-t opskur. Il-z ètè bii fatige ê mèm a rɛvna-t a mùa; il è vrè k'il-z avè du ta pùr se repòzo, puiskɛ le plu sur pùr nù ètè d'atake lè-z ènmi pada l'opskurite.

Sè si ne rɛvir-t a le halùp ke kèlke-z ɛr aprè le rɛtùr de Vadredi, e nù pùvio-z atadr distiktɛma lè plu-z avase krie-r ò-z òtr de se prese; e sè dèrnie repodè k'il-z ètè-t a mùatie mor de làsitud, nùvèl for-t agreabl pùr nù.

Il n'è pà posibl d'èksprime kèl fu lɛr etonma ka-t il vir la mare ɛkùle, e la halùp agajo da le sàbl e sa gard.

Il se mir-t a krie de nùvò, e aplèr lɛr dè kamarad par lɛr no, mè pùi de repos. Nù lè vim-z alor, par le pè de jùr ki rèstè-t akor, kùrir sa e la, kom dè ja dezèspere. Tatò-t il-z atrè da la halùp pùr s'i repòze, tatò-t il-z a sortè pùr kùrir sur le rivaj; e il kotinuèr se manèj sa relàh pada kèlke ta.

Mè ja-z avè grad avi de lè-z atake tù-z asabl; mè mo desi ètè de lè pradr a mo-n avataj, afi d'a tue le mùi k'il me serê posibl, e de ne pà azarde la vi d'u sel d'atr-ɛ nù. Je rezolu dok d'atadr, da l'ès-peras k'il se separrè, e, pùr k'il ne s'ehapas pùi, je fi-z aprohe davataj mo-n abuskad, e j'ordonc a Vadredi e ò kapitèn de se trene-r a katr-ɛ pie pùr se plase-r òsi prè d'è k'il serè posibl sa se dekùvrir.

Il n'avè pà-z ete lota da sèt pòzisio, ka le bosma, hèf prisipal de la mutinri, e ki se motrè, da so malɛr, plu làh e plu dezèspere k'òku-n òtr, tùrna sê pà vèr se kòte la. Le kapitèn ètè tèlma-t anime kotr-ɛ sɛ selera k'il avè de la pèn a le lese-r aprohe-r ase pùr ètr-ɛ sur de ne pà le make : il se reti pùrta; mè-z aprè s'ètr-ɛ done akor u pê de pasias, il se lèv tù-t a kù e fè fê desu.

Le bosma fu tue sur la plas, u-n òtr blese da le vatr, mè-z il n'a mùru ke dè-z ɛr aprè, e le trùàzièm se sòva.

ò brui de sè kù , j'avase bruskema avèk tùt mo-n arme ki kosistè-t a uit om.

La nui ètè for-t opskur, de manièr k'il ler fu-t iposibl de konètr notr-e nobr ; a kosekas, j'ordone a selui ke nù-z avio trùve da l'èskif, e ki ètè-t alor u de mè solda, de lè-z aple par ler no pùr savùar s'il vùlè kapitule ; se ki reusi kom il è-t eze de krùar. Il se mi dok a krie : — Tomà Smit ! Tomà Smit ! Selui la repodi d'abor : — È's tùa Jakson ? kar il le rekonu-t a sa vùà. — Ùi, ùi, reparti l'òtr ; ò no de Diè, Tomà, mete bà lè-z arm e rade vù, ù vù-z èt mor. — A ki fò-t il nù radr, di Smit ; ù so-t il ? — Il so-t isi, repodi Jakson, s'è notr-e kapitèn avèk sikat om ; il nù-z a hèrhe deja pada dè-z er. Le bosma è tue, Gilòm Fri è blese dajrèzma ; je sui prizonie de gèr, e si vù ne vùle pà vù radr, vù-z èt pèrdu. — I ora-t il kartie, replika Smit, si nù mèto bà lè-z arm ? — Je m'a vè le demade-r ò kapitèn , di Jakson. Le kapitèn se mi-t alor a parle lui mèm a Smit. — Vù konese ma vùà, lui kria-t il ; si vù jete vò-z arm , vù-z ore tùs la vi sòv, èksèpte Gilòm Atkins. — Ò no de Diè, kapitèn, s'e-kria Atkins, done mùa kartie. K'è'j fè plus ke lè-z òtr ? Il so-t òsi kùpabl-e ke mùa. Il ne dizè pà la verite, kar il avè-t ete le premie a maltrete le kapitèn ; il lui avè lie lè mi a lui adrèsa lè-z ijur lè plu-z ùtrajat.

Le kapitèn lui di k'il ne lui promètè rii, k'il devè se radr a diskresio, e avùar rekùr a la bote du gùvèrner. S'ètè mùa k'il dezigè par se bò titr.

Il mir lè-z arm-e bà, demada la vi. J'avùaye Vadredi e dè-z òtr pùr lè lie tùs ; asuit ma grad arme pretadu de sikat om, ki reèlma n'ètè ke de uit, s'avasa e se sezi d'è e de ler halùp. Pùr mùa, je me ti-z a l'ekar avèk u sel dè mii pùr rèzo d'eta.

Le kapitèn u le lùazir de parle-r avèk tù lè prizonie. Il ler reproha fortema ler traizo, lè-z òtr-e movèz-z aksio do-t èl orè-t ete sa dùt suivi, e ki surma lè-z orè-t atrene da lè dèrnie maler, e afi kodui-z a la potas. Il parur tùs for repata, e demadèr la vi d'u-n èr trè sùmi. Il ler repodi k'il n'ètè pà sè prizonie, mè sè du gùvèrner de l'il. Vù-z ave kru, kotinua-t il, me relege da-z un il dezèrt ; mè-z il a plu a

Diê de vû dirije d'un tèl manièr ke sèt adrùa se trùv abite e mèm gùvèrne par u-n Aglè. Se gùvêrner è le mètr-ε de vù padr-ε tûs; mê, vû-z êya done kartie, il pûrè bii vû-z avûaye-r a-n Agletèr pûr êtr-ε livrε atr-ε lê mi de la justis, èksêpte Atkins, a ki j'e ordr-ε de dir de sa par de se prepare-r a la mor, kar il dûa-t êtr-ε padu demi mati.

Sèt fiksio produizi tû l'êfè-t imajinabl. Atkins se jeta a jenù, afi de prie le kapitèn d'itêrsede pûr lui òprè du gùvêrner, e lê-z òtr le kojurèr, ò no de Diê, de fèr a sort k'il ne fus pâ-z avûaye a-n Agletèr.

Kom je m'êtê mi da l'êspri ke le ta de ma delivras alê venir, je me pêrsuade ke tû sè matlò pûrê-t êtr-ε porte ezema-t a s'aplûaye de tû ler ker pûr rekûvre le vêsò. Pûr lê trope davataj, je m'elûage d'ê, afi de ne ler pâ fêr vûar kèl pêrsonaj il-z avê pûr gùvêrner. J'ordone alor k'o fi venir le kapitèn, e la desu u de mê ja, ki êtê-t a kêlke distas de mûa, se mi-t a krie : — Kapitèn, le gùvêrner vê vû parle. —Dit-z a so-n Èksêlas, repodi d'abor le kapitèn, ke je vê-z a êl da le moma. Il donêr da le piêj a mêrvêl, e ne dûtêr pâ-z u moma ke le gùvêrner ne fu prè de la avèk sè sikat solda.

Ka le kapitèn fu venu, je lui komunike le desi ke j'avê forme pûr nù-z apare du vêsò. Il l'aprûva for, e rezolu de le mêtr a egzekusio le ladmi. Pûr nù-z i pradr d'un manièr plu sur, je kru k'il falê separe nò prizonie, e j'ordone ò kapitèn e a sè dê kopago de sezir Atkins avèk dê-z òtr-ε dè plu kriminêl de la trûp, pûr lê mene da la grot ù il i a-n avè deja dê-z òtr, e ki sêrtênma n'êtê pâ-z u liê for-t agreabl, surtù pûr dê ja-z efreye.

J'avûaye le rêst a ma mêzo de kapag, ki êtê-t atùre d'u-n aklò; e kom il-z êtê gàrote e ke ler sor depadê de ler koduit, je pùvê-z êtr-ε sur k'il ne m'chaprê pà.

Se fu-t a sê la ke j'avûaye le ladmi le kapitèn pûr tàhe d'aprofodir ler satima, e pûr vûar s'il êtê de la prudas de lê-z aplûaye da l'egze-kusio de notr-ε projè. Il ler parla e de ler movêz koduit, e du trist-ε sor ù êl lê-z avê redui; il ler repeta ke kùake le gùvêrner ler u done kartie, il ne lêsrê sêrtênma pà d'êtr-ε padu, si o lê-z avûayê-t a-n Agletèr. Sepada, ajùta-t il, si vù vùle me promètr de m'ede fidêlma da-z un atrepriz òsi just ke sèl de m'apare de mo vèsò, le gùvèrner s'agajra formèlma-t a optenir votr-e pardo.

O pê juje kèl èfè un parèl propòzisio devè produir sur sè malerê. Il se mir-t a jenù deva le kapitèn, e lui promir, avèk lê plu-z oribl-z iprekàsio, k'il lui serè fidèl jusk'a la dèrnièr gùt de ler sa , k'il le suivrè partù-t ù il vùdrè lè mene , e k'il le kosidèrrè tùjùr kom ler pèr, puisk'il lui serè redevabl de la vi.

E bii, di le kapitèn, je m'a vè komunike vò promès ô gùvèrner, e je fere tù mê-z efor pùr vù le radr favorabl. Il me vi raporte ler repos, a-n ajùta k'il ne dùtè pà de ler siscrite. Sepada , afi de ne rii neglije pùr notr-e surte, je le prie de retùrne, e de ler dir k'il kosatè-t a a hùazir sik d'atr'è pùr lè-z aplùaye da so-n atrepriz , mè ke le gùvèrner garderè kom otaj lè dè-z òtr, avèk lê trùà prizonie k'il avè da so hàtô, e k'il ferè padr sur le bor de la mèr sè sik otaj, si ler kamarad ètè-t ase pèrfid pùr make-r a ler sêrma.

Il i avè la u-n êr de severite ki fezè vùar ke le gùvèrner ne plezatè pà. Lê sik do-t il s'ajisè aksèptèr se parti avèk jùà, e s'ètè-t òta l'itèrê dè-z otaj ke du kapitèn de lè-z egzorte-r a fèr ler devùar.

Tèl ètè l'eta dè fors ke nù-z avio-z alor : 1° le kapitèn, so kotr-e mêtr e so pàsaje; 2° dê prizonie fè da la premiêr rakotr, ôkêl, a la rekomadàsio du kapitèn, j'avè done la libèrte avèk dè-z arm; 3° lè dê ke j'avè tenu jusk'alor gàrote da ma mèzo de kapaḡ, mê ke je venê de relàhe a la prièr du kapitèn ; 4° lè sik ke j'avè mi-z a libèrte lê dèrnie. Selo se kalkul, il-z ètè dù-z a tù ùtr lè sik otaj.

S'ètè la tù se ke le kapitèn pùvè-t aplùaye pùr se radr-e mêtr du vêsò ; kar, pùr Vadredi e mùa, nù ne pùvio-z abadone l'il ù nù-z avio sè prizonie ke nù devio tenir separe e pùrvùar de vivr.

Ka-t ô sik otaj ki ètè da la grot, je trùve bo de lê tenir gàrote; mê Vadredi avè-t ordr-e de ler aporte-r a maje dê fùa par jùr. Pùr lê dè-z òtr, je lè-z aplùaye a porte lè provizio a un sèrtèn distas ù Vadredi devè lè resevùar d'è.

La premiêr fùa ke je m'ètè motre a sè dèrnie. s'ètè-t a kopaḡi du kapitèn, ki ler di ke j'ètè l'om ke le gùvèrner avè dèstine pùr avùar l'èl sur ler koduit, avèk ordr a è de n'ale nul par sa ma pèrmisio, sù pên d'ètr-e mene da le hàtô e mi-z ô fèr.

Kom il ne me konèsè pà a kalito de gùvèrner, je pùvè jùe-r u-n òtr-e pèrsonaj deva-t ê, se ke je fi-z a mèrvèl, a parla tùjùr avèk bôkù d'ostatàsio du hâtò, du gùvèrner e de la garnizo.

La sel hòz ki rèsta-t akor a fèr ò kapitèn pùr se mètr a-n eta d'egzekute so desi, s'ètè d'ekipe lè dê halùp. Da l'un il mi so pàsaje pùr kapitèn avêk katr om. Il mota lui mèm da l'òtr avèk so kotr-e mètr e sik òtr-e matlò, e il koduizi parfètma so-n atrepriz.

Il ètè-t aviro minui ka-t il dekùvri le vèsò, e dè k'il l'apèrsu-t a la porte de la vùa, il ordona a Jakson de krie, e de dir a l'ekipaj k'il-z amnê la premièr halùp avèk lè matlò, mè k'il-z avè-t ete lota ava ke de lê trùve. Jakson amusa lê muti de sè diskùr e d'òtr-e sablabl jusk'a se ke l'èskif fu sù le navir. Le kapitèn e le kotr-e mètr i motèr lê premie avêk lè-z arm; il-z asomèr d'abor a kù de kros le sego mètr e le harpatie; e fidèlma segode par lè-z òtr, il se radir mètr de tù se k'il trùvèr sur lè po. Il-z ètè deja okupe a fèrme lè-z ekùtil, afi d'apehe sè d'a bà de venir ò sekùr de ler kamarad, lorske lè ja de la segod halùp motèr du kòte de la prù, netùayèr tù le hâtò d'ava e s'aparèr de l'ekùtil ki menè-t a la habr-e du kuizinie, ù il fir prizonie trùà dè muti.

Isi mètr de tù le tilak, le kapitèn komada ò kotr-e mètr de pradr-e trùà-z om avêk lui e de forse la habr ù ètè le nùvò komada. Selui si èya pri l'alarm, s'ètè leve, e asiste de trùà matlò, s'ètè sezi d'arm-z a fê. Dè ke le kotr-e mètr u-t ùvèr la port par le mùayi d'u levie, sè katr-e rebèl fir fê sur lui e sè kopago sa-z a tue-r u sel, mê-z il-z a blèsèr dè lejèrma, e kàsèr-t u bra ò kotr-e mètr, ki ne lêsa pâ tù blese k'il ètè de brule la sèrvèl ò nùvò kapitèn d'u kù de pistolê. La bal lui atra da la bùh, e sorti dèrièr l'orèl; sè kopago le vùaya mor, prir le parti de se radr. Le koba fini, e le kapitèn rekùvra so vèsò, sa-z êtr oblije de repadr plu de sa.

Il m'istruizi d'abor du suksè de so-n atrepriz, a feza tire sê kù de kano, se ki ètè le sigal do nù-z etio kovnu asabl. O pê juje si j'ètè harme de lè-z atadr, puiske je m'ètè tenu sur le rivaj depui le depar dè halùp jusk'a dè-z er aprè minui.

Dè ke je fu sur de sèt erèz nùvèl, je me mi-z ò li; e m'eta-t êkstrêmma fatigo le jùr preseda, je dormi profodema jusk'a se ke je fus revele par u nùvò kù de kano : a pên me fu'j leve pùr a-n apradr-e la kòz, ke je m'atadi-z aple par mo titr de gùvêrner. Je rekonu d'abor la vùà du kapitên, e dê ke je fu mote ò ò du rohe ù il m'atadê, il me sêra da sê bra de la maniêr la plu-z afêktuêz, e tada la mi vêr le vêsò : Mo hêr ami, me di-t il, mo hêr liberater, vùala votr-e vêsò; il vù-z apartii òsi bii ke nù e tù se ke nù posêdo.

Alor je tùrne lê-z yê vêr la mêr, e je vi-z êfêktivma le vêsò ki êtê-t a l'akr a u peti kar de liê du rivaj; le kapitên avê fê vùal dê k'il avê-t u egzekute so-n atrepriz, e kom le ta êtê bò, il avê pu koduir le bàtima jusk'a l'abùhur de ma petit bê; la mare eta òt, il êtê venu avêk sa pinas pùr isi dir jusk'a ma port.

Je kosidêrê-z alor ma delivras kom asure. Lê mùayi-z a-n êtê-t eze : u bo vêsò m'atadê pùr me koduir ù je le jujrê-z a propò. Mê j'êtê têlma sezi de la jùà ke me donê-t u boner si inêspere, ke je fu lota or d'eta de pronose-r un parol. Le kapitên me vùaya prê de tobe-r a fêblês, me fi pradr u vêr d'un liker kordial k'il avê-t aporte êksprê pùr mùa. Aprê-z avùar bu, je revi-z a mùa pê a pê; mê je fu-z akor ase lota ava ke de pùvùar parle.

Aprê dê felisitàsio mutuêl, le kapitén me di k'il avê-t aporte kêlke rafrehisma, têl k'u vêsò a pùvê fùrnir, e surtù-t u vêsò ki venê d'êtr-e pile par dê muti. La desu, il kria ò ja de sa halùp de mêtr a têr lê preza dêstine ò gùvêrner; e, a verite, s'êtê-t u vrê preza pùr le gùvêrner, e u gùvêrner ki devê rêste da l'il, e no prê de s'abarke, kom s'êtê ma rezolusio.

Se preza kosistê-t a-n u peti kabarê rapli de kêlke bùtêl d'ò kordial, si bùtêl de vi de Madêr, hakun de dê bon pit, dê livr d'êksêla taba, dê grad piês de bef, si piês de koho, u sak de pùà, e aviro sa livr de biskui. Il i avê-t, a-n ùtr, un bùat de sukr e un òtr-e rapli de muskad, dê bùtêl de jù de limo, e u gra nobr d'òtr-e hôz util-z e agreabl. Mê se ki me fi-t ifinima plu de plezir, s'êtê si hemiz tùt nev, òta de kravat for bon, dê pêr de ga, un pêr de sùlie, un pêr de bà, u hapò e u-n abi koplê tire de sa propr gard-e rob e k'il n'avê gêr porte. A-n u mò, il m'aporta tù se k'il me falê pùr m'ekipe dê pie

jusk'a la têt. Q s'imajinra sa pên kêl êr je devê-z avûar da sê-z abi, e
kêl ikomodite il me kôzêr la premiêr fûa ke je lê mi, aprê m'a-n êtr-ε
pàse pada-t u si gra nobr-ε d'ane.

Je fi porte tû sê preza da ma demer, e je me mi-z a delibere-r avêk
le kapitên sur se ke nû devio fêr de nô prizonie : la hòz a valê la
pên, surtû-t a l'egar dê dê hêf dê muti do nû konêsio la mehaste
ikorijibl. Le kapitên m'asura ke lê biifê êtê-t ôsi pê kapabl de lê
reduir ke lê punisio, e ke s'il s'a harjê, se ne serê ke pûr lê koduir,
lê fêr ô pie a-n Agletêr, û a la premiêr koloni aglêz, afi de lê mêtr
atr-ε lê mi de la justis. Kom je vûayê le kapitên ase-z umi pûr ne
pradr se parti k'a regrê, je lui di ke je savê-z u mûayi de porte sê
dê selera a lui demade kom un grâs la pêrmisio de demere da l'il, e
il i kosati de bo ker.

J'avûaye la desu Vadredi e dê dê-z otaj ke je venê de mêtr a libêrte
parse ke 'ler kopago avê fê ler devûar, je lê-z avûaye, di'j, a la grot
pûr amne lê si matlò gàròte a ma mêzo de kapag, e pûr lê-z i garde
jusk'a mo-n arive.

J'i vi kêlke ta-z aprê, pare de mo-n abi nef, a kopagi de mo kapitên;
e s'ê-t alor k'o me trêta de gûvêrner ûvêrtema. Je me fi d'abor amne
lê prizonie, o je ler di avêk u-n êr de severite ke j'êtê parfêtma-t
istrui de ler kospirâsio kotr-ε le kapitên, e dê mezur k'il-z avê priz
asabl pûr komêtr-ε dê piratri avêk le vêsô do-t il s'êtê-t apare ; mê
ke par boner il-z êtê tobe ê mêm da l'abim k'il-z avê krêze pûr lê-z
òtr, puiske le vêsô venê d'êtr-ε rekûvre par ma dirêksio, e k'il vêrê
da le moma ler pretadu kapitên, pûr pri de sa traizo, padu a la grad
vêrg ; ke ka-t a ê, je vûdrê bii savûar kêl rêzo ase fort il-z avê-t a
m'alego pûr m'apehe de lê punir, a kalite de pirat pri sur le fêt,
kom j'êtê-z a drûa de le fêr.

U d'ê me repodi k'il n'avê rii-n a dir a ler faver, sino ke le kapitên,
a lê prena, ler avê promi la vi, e k'il demadê grâs. Je ler reparti ke
je ne savê pà tro bii kêl grâs j'êtê-z a-n eta de ler fêr, puiske j'alê
kite l'il e m'abarke pûr l'Agletêr ; e k'a l'egar du kapitên, il ne pûvê
lê-z amne ke gàrote e da le desi de lê livre-r a la justis kom muti e
kom pirat, se ki lê koduirê tû drûa-t a la potas ; k'isi je ne trûvê pâ

de me_ler parti pùr ê ke de rèste da_ l'il, ke j'avè pèrmisio_ d'abadone-r
avèk tû mè ja_, e ke j'ètè-z asc porte a ler pardone s'il vûlè se ko_ta_te
du sor k'il pûvè s'i menaje.

Il parur resevùar ma propôzisio_ avèk rekonèsa_s, a_ me diza_ k'il
prêfèrê-t i_finima_ se sejûr a la dèstine ki lè-z ata_dè-t a_-n Agletèr. Mè
le kapitèn fi sa_bla_ de ne la pûi_-t aprûve e de ne pà-z ôze-r i ko_sa_tir;
alor j'afèkte de lui dir k'il-z ètè mè prizonie è no_ lè sii_; ke, ler êya-t
ofèr ler gràs, je n'êtè pà-z om a ler ma_ke de parol, e ke, s'il i trûvè-t
a redir, je lô remêtrê-z a_ libêrte kom je lè-z avè trûve, pèrmi-z a
lui de kûrir aprê-z ê, e de lè-z atrape s'il pûvê.

Je le fi kom je l'avô di, e ler êya-t ôte ler lii_, je ler di de gâḡe lê
bûà, e ler promi de ler lese dô-z arm-z a fè, dô munisio_, e lê-z
i_struksio_ nesesêr pûr vivr a ler êz s'il vûlê lê suivr. A_suit, je komu-
nike ô kapitèn mo_ desi de rêste-r akor sêt nui da_ l'il, afi_ de prepare
tû pûr mo_ vûayaj, e je le priye de retûrne sepada_-t ô vêsô pûr i
tenir tû-t a_-n ordr e d'a_vûaye le la_dmi_ sa halûp. Je l'avèrti-z ôsi de
ne pâ ma_ke de fèr pa_dr a la vèrg le nûvô kapitèn ki avè-t ete tue,
afi_ ke nô prizonie pus l'i vùar.

Dê ke le kapitèn fu parti, je lê fi venir a mo-n abitâsio_ e j'a_tre da_-z
un ko_vêrsâsio_ trè seriêz tûha_ ler situàsio_. Je lê lûe du parti k'il-z avè
pri, puiske le kapitèn, s'il lê-z a_mne-t a bor du vêsô, lê ferê pa_dr
sêrtênma_ ôsi bii_ ke ler hèf, ke je ler mo_tre atahe a la gra_d vêrg.

Ka_ je lê vi detêrmine-z a rêste da_ l'il, je ler done tû lê deta_l nesesêr
sur la manièr de fèr du pi_, d'a_sma_se lô tèr e de sehe lê rèzi_; a_-n u_
mô, je lê-z i_struizi de tû se ki pûvè ra_dr-e ler vi agreabl e komod.
Je ler parle a_kor dô sêz Èspaḡol k'il devê-t ata_dr, e pûr lèkèl je ler
lese un lètr, a_ ler feza_ promêtr de vivr avèk ê a_ bon amitie.

Je ler lese mê-z arm, savùar mê mûskè, trûà fuzi de has e trûà
sàbr; de plus, je posêdè-z a_kor u_ bari e demi de pûdr; kar j'a_-n
avè ko_some for pê. Je ler a_seḡe ôsi la manièr d'èlve lô hêvr, de lê
trêr, de lè-z a_grese, e de fèr du ber e du fromaj. De plus, je ler
promi de fèr a_ sort ke le kapitèn ler lôsa un plu gra_d provizio_ de
pûdr e kélke grèn potajèr, do_ j'orè-z ete ravi d'êtr-e fùrni mùa mêm
ka_ j'êtè da_ ler pôzisio_. Je ler fi-z a_kor preza_ d'u_ sak pli de pûà ke le

kapitên m'avê done, e ler êksplike jusk'a kêl pûi il se multiplirê s'il-z avê sûi de lê seme.

Le jùr d'aprè, je lè kite e je m'abarke; mê nù ne pum fêr vûal se jùr la ni la nui suivat. Il êtê-t aviro sik er du mati ka nù vim dê de sê ke nù-z avio lese da l'il vena-t a la naj, e priya, ô no de Diê, k'o ler pêrmi d'atre da le vêsò ka-t il devrê-t êtr-e padu u kar d'er aprê, puiske sêrtênma lê trùà-z ôtr selera lê masakrerê s'il rêstê parmi ê.

Le kapitên fi kêlke difikulte de lê resevûar, sû pretêkst k'il n'a-n avê pà le pùvûar sa mûa; mê-z il se lêsa gâğe-r a la fi par lê bêl promês k'il lui fir de se bii koduir, e êfêktivma il devir de for brav garso. Kêlke ta-z aprê, la halûp fu-t avûaye a têr avêk lê provizio ke le kapitên avê promi ô-z egzile, e ôkêl il avê fê-t ajûte-r a ma faver ler kofr-z e ler-z abi, k'il resur-t avêk bôkû de gratitud.

A diza-t adiê a mo-n il, je pri avêk mûa mo gra bonê de pô de hêvr, mo parasol e mo perokê; je n'ûbliye pà no plu l'arja do j'e fê masio, e ki êtê rêste afûi si lota k'il êtê tû rûle, sa pùvûar êtr rekonu pûr se ke s'êtê ava d'avûar ete frote; je n'i lese pà no plu la petit som ke j'avê tire du vêsò êspağol nofraje.

S'ê-t isi ke j'abadone mo-n il le 19 desabr de l'a 1686, selo le kalkul du vêsò, aprê-z u sejùr de 28 a 2 mùà e 19 jùr.

De retùr da ma patri, j'i rekeli le pê de bii ki me revnê de la suksêsio de mo pêr, e ki me sufi pùr vivr erê-z e trakil avêk mo fidêl Vadredi.

EXEMPLE DE DÉCLAMATION

INDIQUÉE AU MOYEN DE CARACTÈRES PHONÉTIQUES.

N. B. Cet exemple nous montre que, même dans la déclamation, il est des *e* muets qui ne se prononcent pas, quoique leur présence soit nécessaire à la mesure syllabique des vers. Cette suppression a lieu, soit parce que les deux consonnes séparées par l'*e* muet s'unissent facilement en raison de leur douceur, soit parce que le sens est interrompu. Il importe aussi de faire observer que, presque toutes les fois que l'*e* muet est supprimé, la syllabe qui le précède en acquiert plus d'intensité ou de longueur. A la fin des rimes féminines, quand il est précédé d'une voyelle, cette voyelle devient plus longue.

On remarquera, en outre, que, lorsque le sens unit la fin d'un vers au commencement du suivant, la liaison doit avoir lieu.

Indication du signe de la longue.

LE PEIZA DU DANUB. — FRAGMA.

Romi e vù sena-t asi pùr m'ekùte,
Je supli ava tù lè diê de m'asiste :
Vel-e lè-z im'ortêl, kodukter de ma lag,
Ke je ne diz-e rii ki dùav êtr-e repri!
Sa ler èd, il ne pê-t atre da lè-z êspri
  Ke tù mal e tût ijustis :
Fòt-e d'i rekùrir, o viol-e ler lùâ.
Temùi nù ke puni la Romên avaris;
Rom ê par sè forfê plus ke par sè-z êksplùà
  L'istruma de notr-e suplis.
Krege, Romi, krege ke le siêl kêlke jùr
Ne trasport-e he vù lê pler-z e la mizêr ;
E mêta-t a nô mi, par u just-e retùr,
Lê-z arm-e do se sêr sa vajas-e sevêr,
  Il ne vù fas a sa kolêr
  Nò-z êsklàv-z a votr-e tùr.
E pùrkùa som nù lê vòtr ? K'o me di'
A kùa vù vale miê ke sa pepl-e divêr.
Kêl drùa vù-z a radu mêtr-e de l'univêr ?
Pùrkùa venir trùble-r un inosat-e vi' ?
Nù kultivio-z a pê d'erê ha; e nô mi-z
Êtê propr-ez ò-z ar, isi k'ò labùraj.
  K'ave vù-z apri-z ò Jêrmi ?
  Il-z o l'adrês e le kùraj ;
  S'il-z avê-t u l'avidite
  Kom vù, e la violas,
Pe-t êtr a vòtr-e plas il-z orê la puisas ,
E sorè-t a-n uze sa-z inumanite.
Sêl ke vò preter o sur nù-z egzêrse'
  N'atr-e k'a pên a la pase'.
  La majèste de vò-z òtêl

Èl mêm a-n ê-t ofase';
    Kar sahe ke lê-z im'ortêl-z
O lê regar sur nû. Grâs-ez a vô-z egzapl,
Il n'o deva lê-z yê ke dê-z objê d'or'er,
    De mepri d'ê-z e de ler tapl,
D'avaris ki va jusk-ez a la furer.
Rii ne sufi-t ô ja ki nû viên de Rom :
    La têr e le traval de l'om
Fo pûr lê-z as'ûvir dê-z efor supêrflu.
    Retire lê : o ne vê plu
    Kultive pûr ê lê kapag.
Nû kito lê site, nû fuiyo-z ô motag ;
    Nû lêso nô hêr kopag;
Nû ne kovêrso plu k'avêk dê-z ûrz afrê,
Dekûraje de mêtr ô jûr dê malerê,
E de peple pûr Rom u pei k'êl oprim.
    Ka-t a nô-z afa deja ne,
Nû sûèto de vûar ler jûr biitô borne :
Vô preter ô maler nû fo jûidr-e le krim.
    Retire lê ; il ne nû-z apradro
    Ke la molês e ke le vis ;
    Lê Jêrmi kom ê deviidro
    Ja de rapin e d'avaris.
S'è tû se ke j'e vu da Rom a mo-n abor.
    N'a-t o pûi de preza-t a fèr,
Pûi de pûrpr a done ; s'ê-t a vi k'o-n êspêr
Kêlke refuj ô lûâ : akor ler ministêr
A-t il mil loger. Se diskûr u pê for,
    Dûa komase-r a vû deplêr.
    Je fini. Punise de mor
    Un-e plit u pê tro sisêr.

OUVRAGES PHONÉTIQUES EN VENTE

Chez Firmin Didot frères, libraires, rue Jacob, 56;
— Hachette, libraire, rue Pierre-Sarrazin, 14;
— Saint-Jorre, libraire, boulevard des Italiens, 7.

	fr.	c.
Méthode de Lecture, première partie; Syllabaire phonétique. Prix	»	60
Quatre tableaux pour enseigner par la méthode simultanée.	»	80
Méthode de Lecture, deuxième partie; passage de l'écriture phonétique à l'écriture usuelle; Histoire de Pierre Lavisé.	3	50
Exercice de Lecture phonétique. Robinson	3	»
Dictionnaire de la prononciation précédé d'un Mémoire sur la réforme des Alphabets et suivi des Verbes.	9	»
Le Mémoire seul.	»	50
Les Verbes seuls		

Paris. — Typographie de Firmin Didot frères, rue Jacob, 56.

9 782329 593630